V. Y. Mudimbe

Auch wir sind schmutzige Flüsse

(Le bel immonde)

ERZÄHLUNG
aus
ZAIRE

Verlag Otto Lembeck · Frankfurt am Main

CIP-Kurztitelaufnahme der Deutschen Bibliothek

Mudimbe, Valentin Y.:
Auch wir sind schmutzige Flüsse: Erzählung aus Zaire = (Le bel immonde) / V. Y. Mudimbe. [Übers. von Peter Schunck]. —
Dt. Ausg. — Frankfurt am Main: Lembeck, 1982.
(Afrikanische Autoren)
Einheitssacht.: Le bel immonde<dt.>
ISBN 3-87476-176-2

Titel der französischen Originalausgabe
Le bel immonde

Übersetzung von Peter Schunck, Mainz-Germersheim

Umschlagentwurf: Studio Rau, Dreieich-Dreieichenhain

Deutsche Ausgabe

Printed in the Federal Republic of Germany
Gesamtherstellung:
Druckerei und Verlag Otto Lembeck
Frankfurt am Main und Butzbach

ISBN 3-87476-176-2

Sei vorsichtig und sprich nicht weiter!
Bemerkst du nicht, woher dein Kummer jetzt rührt?
Du gerätst so elend in ein Verderben, das du dir selbst bereitest.
Viel Unglück hast du dir durch eigene Schuld zusätzlich zugezogen.

Sophokles [1]

Aber die Schriftgelehrten und Pharisäer brachten ein Weib zu ihm, im Ehebruch ergriffen, und stellten sie in die Mitte dar und sprachen zu ihm: „Meister, dies Weib ist ergriffen auf frischer Tat im Ehebruch. Mose aber hat uns im Gesetz geboten, solche zu steinigen; was sagst du?"
Das sprachen sie aber, ihn zu versuchen, auf daß sie eine Sache wider ihn hätten. Aber Jesus bückte sich nieder und schrieb mit dem Finger auf die Erde. Als sie nun anhielten, ihn zu fragen, richtete er sich auf und sprach zu ihnen: „Wer unter euch ohne Sünde ist, der werfe den ersten Stein auf sie!"
Und bückte sich wieder nieder und schrieb auf die Erde.

Joh. 8,3-8

---

1) Die zitierten Verse sind entnommen der *Elektra* des Sophokles, 213-217; der Chor spricht zu Elektra (Anmerkung des Übersetzers).

Für Cesca

I

1

Sie wartet. Wie an jedem Abend. Während sie mit halb geschlossenen Augen lächelt, streicht ihre rechte Hand träge über ihren Seidenschal. Sie hat immer noch Hoffnung, sucht ihren Herrn, und es ist ihr anzumerken, daß sie von dieser alles überflutenden Musik zugleich erregt und ermüdet wird, gefangen in einer Dunstwolke von Zigarettenrauch und Alkohol. Sie hätte gern getanzt, sich an die Worte von Stefan George gehalten und dabei die Gewißheit vom Geheimnis des eigenen Herzens gewonnen, um sich auf diese Weise glücklich den von einer lebendigen Melodie getragenen und verklingenden Worte hinzugeben:

„Neuen adel den ihr suchet
Führt nicht her von schild und krone!
Aller stufen halter tragen
Gleich den feilen blick der sinne
Gleich den rohen blick der spähe. . .“[1]

Die Paare auf der Tanzfläche sind eng aneinandergeschmiegt. Sie sieht ihnen zu. Die Männer drücken die Frauen an sich wie bei einem letzten Abschied.

---

1) Die von dem Autor in franz. Übersetzung zitierten Verse stammen wie die folgenden aus dem dritten Buch der Gedichtsammlung *Der Stern des Bundes* von Stefan George (Anmerkung des Übersetzers).

Auch sie nimmt die Aufforderung eines Amerikaners zum Tanz an.
Wieder ist sie Wachs in den Händen des Mannes, und mit lebhafter Farbe und plötzlich fröhlichen Augen singt sie mit dem Orchester:

„Stammlos wachsen im gewühle
Seltne sprossen eignen ranges
Und ihr kennt die mitgeburten
An der augen wahrer glut."

Er spricht zu ihr, und ergriffen lauscht sie der Stimme, in der etwas Bittendes liegt, die ein wenig unglücklich klingt. Warum nimmt er sie nicht gleich mit? Er versteht nicht, daß sie sich so sehr dagegen wehrt, Geld anzunehmen, und er entfaltet ein riesengroßes Taschentuch, um sich damit über das Gesicht zu wischen. Sie sieht ihn an, sucht seine Augen und bricht dann in Lachen aus. Gibt sie nach? Sie kennt diese Augen eines geschlagenen oder durchnäßten Hundes. Sie übt die Macht aus, und sie weiß, daß sie, sobald sie sich angeboten hat, keinen Widerstand mehr leisten kann, wenn sie sich ihre Belohnung verdienen will; dann wird sie es sein, die mit niedergeschlagenen Augen dasteht.
Belustigt folgt ihr Blick der Hand, die schüchtern ihre Schenkel knetet. Eine behaarte Hand. In dem schwachen Licht sieht sie aus wie der Panzer einer Schildkröte. Die Venen treten beherrschend heraus. Sie hebt ihr Glas bis in Augenhöhe und betrachtet aufmerksam die Eisstückchen, die im Whisky schwimmen und wie Diamanten funkeln. Sie lächelt glücklich und läßt

ihren Blick in eine dunkle Ecke streifen. Ein Paar sitzt dort, wie sie beide ein Amerikaner mit einer Negerin. Sie zündet sich eine Zigarette an und nimmt zwei Züge hintereinander. Ein Slowfox. Er sieht sie an, und sie macht die Zigarette aus.
„Wollen wir tanzen?"
„Ja."
Er schmiegt sich an sie, hält sie gefangen. Das Licht wird schwächer. Sie drücken sich aneinander. Eine Melodie erklingt, alles umfassend:

> „Wenn dereinst mein Grab geöffnet wird
> und man einen zweiten Gast hineinlegt
> (Denn Gräber lernten der Weiber Sitte
> Als Bett zu dienen auch für mehr als einen)." [1]

„Bist du zufrieden?"
„Ja sicher! Und Sie?"
Er muß stark durchatmen. Vielleicht kommt der Atemdunst vom Whisky. Sie neigt den Kopf leicht zurück und lehnt ihn dann an seine Schulter. Erinnerst du dich noch, wie du einmal gesagt hast, daß dieser Dunst so betäubend ist wie der Geruch eines in Alkohol brennenden Baumstumpfs? Das ist der Geruch Amerikas. Du lächelst, weil dich wohl auch bei dieser Gelegenheit noch die neuen Eindrücke beim Tanz mit einem Unbekannten bezaubert haben.
Wie die anderen Tänzer bewegen sie sich kaum. Eine

---

1) Die von dem Autor in französischer Übersetzung zitierten Verse sind wie die folgenden einem Gedicht des englischen Dichters John Donne (1573-1631) entnommen (Anmerkung des Übersetzers).

weitere Lampe geht aus, und ein neues Stück Vertraulichkeit nistet sich ein. Die Körper suchen sich.

„Und wenn dann der Totengräber
Einen Ring hellen Haares um das Gebein
  entdeckt,
Wird er uns nicht allein lassen
Und denken: hier liegt. . .“

„Was machen Sie im Leben?“
„Ich bin Amerikaner.“
„Das sehe ich; aber was ist Ihr Beruf?“
„Ich bin Techniker.“
„Sie tanzen gut!“
Er hat beide Hände auf deine Hüften gelegt. Seine Arme bilden wie doppelt geschlungene Lianen eine Verbindung zwischen euch. Nur eure Schultern treiben in kaum bemerkbaren Wellenbewegungen dahin.

„. . . ein liebendes Paar, das hoffte,
Auf diese Weise ein Mittel zu finden,
Damit sich ihrer beider Seelen im Gedränge
  des Jüngsten Tages
Hier träfen und ein wenig zusammen
  verweilten.“

„Immer noch zufrieden?“
„Indeed. Abgesehen von der Hitze. Ich ersticke hier. Wie heißt du?“
„Interessiert Sie das wirklich? Erzählen Sie mir lieber von Ihrer Heimat!“
„Amerika?“

Eine große, weiße Bucht öffnet sich, abgesperrt von der Polizei. Ohne darauf zu achten, fährst du an zahllosen, nicht zu betretenden Schiffen vorbei. Eine Menge von Flüssen! Gewaltige und seltsam geformte Gebirge ziehen vorüber, Autokinos! Da beginnen sich alle seine Erzählungen mit den letzten Klängen einer Trauermelodie zu verflüchtigen:

„Du wirst Maria Magdalena sein
Und ich ein anderer Heiliger ähnlicher Art.
Alle Frauen werden uns bewundern
Und auch manche Männer, auch manche
Männer!“

Plötzlich und brutal geht wieder das Licht an, und sofort setzt ein Cha-Cha-Cha ein. Dein Amerikaner lächelt gönnerhaft und packt dich bei den Schultern.
„Vielen Dank, du kleines Mädchen ohne Namen!“
„War es schön?“
„Indeed. Ich habe den Text gern. Kennst du den Verfasser?“
„Nein, warum?“
„Warst du nicht auf der Schule?“
„Aber sicher! Ich spreche doch französisch!“
Eine Katastrophe! Er erzählt dir von langweiligen deutschen, englischen und amerikanischen Schriftstellern. Plötzlich kannst du dich losmachen und glücklich derjenigen zulächeln, die auf dich zukommt. Auch er hält mit seiner Rede inne, um sie, wie sich deutlich erkennen läßt, mit seinen Blicken auszuziehen. Sie trägt ein kurzes Kleid in den Farben Gelb und Orange, das einen tiefen Ausschnitt hat. Wieder mußt

du den schönen Schwung ihrer Augenbrauen bewundern und ihre Zähne, die im Neonlicht bläulich schimmern. Schnell flüstert sie dir zu:
„Holst du mich morgen um zehn Uhr ab?"
„Am üblichen Platz?"
„Ja, wenn es dir recht ist."
Seine rechte Hand hat er unter deinem Rock, und er sieht ihr fasziniert nach, wie sie zur Theke geht.
„Ist das deine Freundin?"
„Nein, meine Schwester."
„Sie ist aber hübsch!"
„Sicher!"
Du mußt schallend lachen. Als ob sie deine Schwester wäre! Letztlich sehen sich für Europäer und Amerikaner alle Schwarzen ähnlich. Es ist viel einfacher, wenn sie deine Schwester ist!
Es war ein verregneter Nachmittag, und du hast dich allein und traurig gefühlt. Da ist sie gekommen, hat mit dir gesprochen und dich in ihr Leben eingeführt. Was hast du eigentlich in dem kleinen Geschäft in der Altstadt gesucht? Einen Stoff oder ein Kleid? Sie hat dir abgeraten und dir beigebracht, wie man mit List sich kleine Vorteile verschafft, ganz kleine Vorteile, so wie es alle machen. Von den Stoffen hat sie dir erzählt, daß sie schrecklich teuer seien: „In diesem Geschäft gibt es mehr Sachen, als du dir vorstellen kannst. Aber die Preise! Sieh dir zum Beispiel einmal dieses Modellkleid an! Gefällt es dir nicht? Oder dieser hübsche fleischfarbene Gürtel. . . Das kleine helle Kostüm ist nicht schlecht, nicht wahr? Was es kostet? Ein irrsinniger Preis, meine Liebe! Was hältst du von dem weißen Kostüm dort hinten, neben den blauen

Blusen? Der Chef, ein Grieche, setzt mehr als die Hälfte der Ware auf dem Schwarzmarkt ab. Ich finde ihm die Verkäuferinnen dafür, ein hübsches kleines Geschäft. Komm, wir gehen etwas trinken! Willst du mir helfen, ja? Du wirst sehen, du bekommst alles, was du möchtest!"

„Wie heißt du? Aber das ist gleichgültig. Du bist meine kleine Schwester, ist dir das recht?"

Da hast du deine Meinung geändert und sie angebetet und warst überzeugt davon, daß deine Liebe zu ihr einen ständigen Zauber darstellte, gleich weit entfernt von den Männern wie von der Reue. Am Anfang hat es dich angewidert, und du hast gezögert, aber das hat sich gegeben vor den wunderbar betörenden Düften, in denen du die Trunkenheit deiner Kindheit wiedererkannt hast. Du erinnerst dich noch daran, wie einfach und spontan sie war: „Ich liebe dich sehr! Mit dir möchte ich zusammenleben! Nach der Arbeit werden wir uns wiederfinden. Empfindest du nicht das Bedürfnis nach einer reinen, lichten Gestalt, einem Zufluchtsort fern von den widerwärtigen Männern? Magst du mich ein wenig? Ich liebe dich schon. Trink deinen Tomatensaft! Er ist gut, nicht war? Sei lieb und hebe ein wenig den Kopf, damit ich deine Brust bewundern kann. . ."

Sie steht an der Theke, strahlend und beglückt von dem ärgerlichen Verlangen, das ihr Körper bei den Männern wachruft. Sie wird mit ihrem Amerikaner hinausgehen und ihm ihre Hüften darbieten. Voll Zorn entdeckst du, wie ein anderer Amerikaner deine Schenkel bearbeitet, und du empfindest, als ob er dich beschmutzte. Diese Hand ist so weit entfernt von eu-

rer Unschuld gestern, von eurer Unschuld der vergangenen und der kommenden Tage. Wie fern ist sie von der köstlichen und sanften Tiefe eurer beider Weiblichkeit! Und, wie üblich, fragst du dich an diesem Abend, ob du trotz allem dieses Glück weiterverfolgen sollst, das jedesmal deine Sinne verwirrt.
Sie leert ihr Glas. Ihr Freund spricht zu ihr. Sie lacht, und während die Musik etwas leiser wird, strahlen ihre Zähne in dem blauen Licht. In diesem Augenblick möchtest du ihre Zähne an den deinen spüren. Plötzlich hast du deine Beine wieder geschlossen, und du bist aufgestanden.
„Lassen sie mich! Sie tun mir weh!"
„Mein aufrichtiges Bedauern, ich. . ."
„Nein, lassen sie mich!"
Er scheint verärgert zu sein. Mit einem Zug hat er sein Glas Whisky geleert und sich dann auf die Suche nach einem anderen Mädchen gemacht.

2

Du hast dir deinen Mann ausgesucht. Er ist groß und wohlgenährt, ein hochangesehener Politiker. Du kennst ihn schon lange. Liebst du ihn? Warum kommst du so regelmäßig zu ihm zurück? Müßte das, was dich abstößt, auf die Dauer nicht in seinen Wünschen aufgehen? Kannst du denn noch ein solches Opfer für die Liebe eines Mannes erbringen?
Sie hatte dir eines Tages anvertraut: „Sie sind alle gleich mit ihren Katzenblicken, vor allem die Politiker. Das sind Tiger!“ Sie hatte deine Hände ergriffen, hatte sie gedrückt und dir tief in die Augen gesehen: „Sie nehmen dich, taxieren dich, zermalmen dich ohne Mitleid und lassen dich dann fallen. Komm danach immer zu mir! Wir wollen zusammen versuchen, Augenblicke stillen Glückes zu erleben, um zu vergessen!“ Sie hatte deine linke Hand auf ihren rechten Busen gelegt, für einige Sekunden. Gerührt hast du in ihren Augen gelesen, und deine Hand wurde unruhig auf ihrer Brust. Es hatte dich gepackt, und du hast leise gesagt: „Sie widern mich an. Ein Mann ist etwas Häßliches!“ Und während sie frei deinen Körper bewunderte, dachtest du voller Scham an deinen Beruf. Ein Beruf, wie viele andere, bei dem man sich schmutzig macht. Der Mechaniker, der Schlosser oder der Bergmann kommen ebenfalls schmutzig von der Arbeit nach Hause, so wie du. Aber du? Wichtig ist, so hatte sie zu dir gesagt, daß man danach die Ruhe findet, um sich gehenzulassen und zu vergessen.
Du siehst ihn an. Ein schöner Mann, mit einer schönen schwarzen Hautfarbe. Eine kräftige Gestalt.

Raubtieraugen voll Geduld und Ruhe. Die unruhigen Finger seiner linken Hand klopfen abwechselnd immer wieder an ein Glas. Er ist das Produkt einer neuen Zeit: einmal Staatssekretär, dreimal Minister. Böse Zungen behaupten, er verlange, mit „Exzellenz" und in der dritten Person angeredet zu werden. Wie bedeutend er ist! Aus Spaß nennst du ihn gewöhnlich „Eminenz", und er hat nie dagegen protestiert. Deine Augen glänzen, und du fragst ihn:
„Wollen wir tanzen"
„Nein, Kleine, ich bin müde!"
Du mußt warten; das ist normal so. In diesem Land kommt man schon müde auf die Welt, vermutlich wegen der Sonne. Das ist eine Erkenntnis, so einfach wie jene andere, die dich im Augenblick veranlaßt, geduldig zu sein: Die afrikanischen Politiker sind großzügig wie junge Burschen; sie geben das Geld leichter aus als die amerikanischen Techniker. Deshalb gibst du nach. Kleine Skandalgeschichten hört er liebend gern, und er fragt dich:
„Warst du gestern hier, als der Hauptmann festgenommen wurde, der als Frau verkleidet war?"
„Ja, warum?"
„Erzähle es mir! Die Geschichte interessiert mich."
Du lächelst verdrossen. Eine dumme Geschichte. Der Amerikaner wollte sie auch in allen Einzelheiten kennenlernen. Als du sie vor etwa zehn Tagen zum ersten Mal gesehen hast, hast du dir gedacht: „Ah, eine Neue! Sie hat sich gut zurechtgemacht!" Sie hat geheimnisvoll getan und die Männer unnütz provoziert. An den ersten Tagen warst du etwas neidisch auf sie, denn sie zeigte Charakter. Wenn sie tanzte, war sie

wirklich hinreißend. Allmählich fing ihr Erfolg an, dich zu bedrücken. Gestern abend nun muß der Amerikaner, der mit ihr tanzte, wohl eine plötzliche Bewegung gemacht haben.
„Wie kam das?“
„Keine Ahnung. Weißt du, wenn man tanzt... Kurz und gut, einer ihrer Busen ist auf den Boden gerollt.“
„Ein Busen?“
„Ein falscher natürlich!“
Eine Melodie setzt laut ein, und die Tanzfläche füllt sich im Nu. Die Bewegungen der Tänzer ahmen einen Rhythmus nach. Du möchtest tanzen.
„Wollen wir tanzen?“
„Aber nein! Ich habe dir doch gesagt, daß ich müde bin! Laß noch einen Whisky kommen! Wer hat ihn denn dann verhaftet?“
„Ich weiß nicht. Vermutlich Sicherheitsbeamte.“
„Waren es viele?“
„Das kann ich dir nicht sagen. Du weißt doch, wenn es eine Rempelei gibt! Und nun Schluß, du gehst mir allmählich auf die... Hätte ich sie denn zählen sollen? Du weißt doch, daß sie in Zivil hier sind.“
„Tatsächlich?“
„Außerdem sind immer ziemlich viele hier. Zum Beispiel der, der mit den beiden Mädchen an der Bar spricht, und der Dicke uns gegenüber in der Ecke, der das Mädchen küßt, und der links von mir, der so schmächtig aussieht und allein trinkt, gehört, glaube ich, auch zu der Gruppe!“
Du betrachtest ihn genau, dieses Ungeheuer von einem Mann. Bist du sicher, daß dir nichts an ihm gefällt? Und doch findest du das große Stück Speck, wie

ihn deine Freundin nennt, anziehend. Die Freundschaft — er nennt es Liebe —, die er dir entgegenbringt, liegt auf dir wie seine ständigen Fragen, mit denen er dich langweilt. Seine politische Karriere, auf die er so stolz ist, beeindruckt dich nicht. Es wäre dir nur lieb, wenn sich zwischen euch ein freundschaftliches Einverständnis ergäbe, durch das dein Verlangen nach seinem Geld nicht so ausgeprägt zum Vorschein käme. Aber wie ließe sich das machen? Er ruht so gut in sich und seinen Erfolgen.
„Wie geht es deiner Frau?"
„Wie bitte?"
„Geht es deiner Frau gut?"
Leicht beunruhigt, runzelt er die Stirn, zögert und antwortet dann leise und zerstreut:
„Ich glaube, ja!"
Du kannst ohne Furcht und ohne Eifersucht an sie denken. Darin liegt deine Stärke, und das macht ihn unsicher. Er hat nichts dagegen, daß du sie kennst, aber daß du dich jedesmal nach ihrer Gesundheit erkundigst! Bedächtig trinkt er seinen Whisky, während du träumst. Du glaubst zu wissen, warum du ihn akzeptierst, aber es kommt dir unerhört vor, daß er behauptet, dich zu lieben. In der Musik tritt eine Veränderung ein. Hast du Angst? Du machst dir ein Urteil über das schwache Lächeln und fragst:
„Möchtest du tanzen?"
„Ja, wenn du willst!"
Das Licht wird schwächer. Du hast das Eintauchen in den Schatten gern, in dem sich die Körper ein unschuldiges und angenehmes Spiel erlauben können. In seinen Augen findest du einen honigsüßen Zug, der

dich daran erinnert, wie du als verliebte Schülerin ausgesehen hast. Er gleitet dahin, und du hältst dich an ihn. Moustaki:

„Tanze, solange du tanzen kannst,
tanze um die ganze Erde,
frei wie ein Fisch im Wasser,
wie ein Vogel in der Luft..."

Seine Arme, ein Schraubstock! Er bewegt sich kaum, und du spürst allmählich, wie die Wärme von seinem Körper aufsteigt. „Was hast du gemacht seit vorgestern? Wen hast du gesehen?" Die übliche Frage! Am Anfang hast du dich dagegen gewehrt und dich gefragt, mit welchem Recht er über deine Privatvergnügen wie über deine Bekanntschaften herrschen wollte. Jetzt aber erwartest du schon diese Frage. Sie zeigt an, daß die Sache ihren Fortgang nimmt und daß sich nichts geändert hat. Und wie üblich spielst du dein Spiel. Du berichtest von Ministern und Abgeordneten, die dir an irgendwelchen Abenden begegnet sind, und du weißt ganz genau, daß du ihn damit aufregst und seine Neugier weckst. Du hast keine Angst mehr und gewinnst wieder Oberwasser.

„...Leicht wie der Wind,
  der in den Bäumen tanzt,
oder wie der Mast eines Schiffs,
  das in der Dünung tanzt,
tanze, solange du tanzen kannst,
auf dem Pflaster, auf dem Gras,
auf einem Tisch im Lokal
in dunklen Tavernen..."

Er schwitzt, und du atmest einen Geruch von Schweiß, Seife und Kölnischwasser ein. Seine Finger drücken auf deine Rippen, und du spürst seinen keuchenden Atem im Hals.
„Geht's?"
„Ja, und du?"
„Gut!"
Du mußt ihn unbedingt zum Sprechen bringen, sonst kommt es bald zur Abfahrt. Du willst noch tanzen, leben, fühlen, wie dein Körper mit der Musik verschmilzt.

> „Tanze, wie man lebt, tanze, wie man liebt,
> tanze, wie man ein Gedicht auf die Mauern
> schreibt,
> tanze, solange du tanzen kannst,
> tanze um die ganze Erde!"

Du siehst, wie alles schneller auf dich zukommt, und dir wird flau im Magen. Du fragst dich, was du tun könntest, um die Zeit aufzuhalten, um in der ausklingenden Melodie zu erstarren. Brutal geht das Licht wieder an, und es kommt die Einladung, die du erwartet hast:
„Wollen wir gehen?"
„Jetzt schon?"
„Ja, ich falle um vor Müdigkeit."
So ein Unsinn: er behauptet, vor Müdigkeit umzufallen! Outta Season dröhnt durch die Halle: „I've been loving you too long." Ein Schauer überkommt dich bei der Vorstellung, daß diese Melodie dich bis morgen Abend verfolgen soll. Es ist immer dasselbe. Du

kannst nicht aufhören und weggehen. Schweren Herzens suchst du Tasche, Zigaretten und Feuerzeug zusammen. Er sagt, er falle um vor Müdigkeit, aber er wird dich, wie üblich, nicht vor dem Morgen wieder verlassen. Du pfeifst: „I've been loving you too long." Er sieht dich mit Nachdruck an, und du glaubst zu verstehen, daß er Vorfreude empfindet auf das, was ihn erwartet. Halb auf die Ellenbogen gestützt, wird er über dich herrschen und dich zermalmen, während du wie immer mit geschlossenen Augen die Minuten dieser Quälerei zählst. In deiner Brust lehnt sich etwas auf, und kaum bist du im Freien, da fühlst du dich plötzlich unglücklich und stellst ganz bescheiden fest:
„Es ist wirklich kühl heute Nacht!"

3

Sie erkannte die Freundin und bot ihr ein freundliches Lächeln dar, das ebenso erwidert wurde. Beide hatten sie müde Gesichter und Schatten unter den Augen. Sie lehnte die angebotene Zigarette ab.
„Geht es dir nicht gut?"
„Doch, aber ich bin fertig, das ist alles!"
„Wollen wir ein Taxi nehmen?"
„Bitte nicht! Gehen wir zu Fuß! Ich habe Lust zu laufen. Das tut mir sicher gut."
Um zehn Uhr morgens war die Stadt voller Leute. Sie nehmen sich bei der Hand und gehen los, zwei brave kleine Mädchen, die ruhig die Straßen entlang spazierengehen. Die Auslagen der Geschäfte haben keinen Reiz für sie. Sie gehen den Boulevard des 30. Juni hinunter, um auf der Höhe von Bata in Richtung auf den Großen Markt hinauf abzubiegen.
„Was ist denn passiert?"
„Nichts, bestimmt! Jedenfalls nichts Besonderes!"
„Dein Politiker fängt wieder an mit dir?"
„Wie immer! Er geht mir auf die Nerven, aber..."
„Du willst mir doch nicht sagen, daß du verliebt bist?"
„Nein, das ist es nicht!"
Sie deutet ein schwaches Lächeln an. War das ein Druck ihrer Hand? Auf der Höhe des Hotels Memling pfeifen ihnen die Taxifahrer zunächst nach, dann folgen einige grobe Ausdrücke, saftig und schlichtweg ordinär. Ein Spießrutenlaufen. Sie müssen lachen und gehen mitten in dem immer dichter werdenden Gedränge weiter. Mit der Sonne sind die armen Leute

heraufgekommen und überfluten die „europäische Stadt“, eine bunte Menge, aus der Lärm und Geschrei, Lachen und Lieder herausschallen. Um sich nicht zu verlieren, halten sie sich an der Taille.
„Also wie steht’s mit deinem Politiker? Du hast gerade gesagt…“
„Ich möchte ihn nicht mehr sehen!“
„Das kannst du leicht haben: Schick ihn weg!“
Das kannst du leicht haben! Aber wie kannst du es ihm klarmachen? Er ist überzeugt davon, daß er dich durch seine großzügigen Geschenke in der Hand hat, und er hat sich nie einen Gedanken darüber gemacht, was es bedeutet, wenn du dich angewidert opferst. Aber auch du verheimlichst dir das bittere Vergnügen, das es dir manchmal bereitet.
„Warum sagst du nichts?“
„Ich werde ihm wohl einen Brief schreiben, das ist einfacher! So kann man eine Auseinandersetzung vermeiden.“
„Du hast recht. Weißt du, ich habe mir schon lange gedacht, daß du es schlecht angefangen hast…“
„Nein, das kannst du nicht sagen. Er ist nett, etwas aufdringlich und vielleicht zu auffällig, aber nett. Ja, er ist nett, ein lieber, dicker Bär!“
Erstaunt sieht sie dich an und wendet die Augen nicht von dir weg. Du spürst das und wirst plötzlich unsicher in deinen Gefühlen; du fragst dich, warum auch sie um jeden Preis deine Liebschaften lenken möchte. Ein dunkles, trauriges Licht huscht unvermittelt über deine Augen. Die Welt gerät ins Wanken. Ausschlafen, bis zum Abend! Schlaf könnte vergessen lassen! Zu Hause angekommen, hast du dich weinend und

niedergeschlagen aufs Bett geworfen. Sie ist zu dir gekommen, zärtlich und mütterlich, hat dich in ihre Arme genommen und mit dir gesprochen: „Du bist erschöpft und fertig. Erschöpfung ist nichts Schlimmes! Ja, ruh dich aus! Schlaf gleich ein, sonst drehen sich deine Gedanken im Kreis herum! Laß dich einfach gehen! Erhol dich ein paar Tage, und mach dir keine Gedanken! Sag doch, was nützt es denn, wenn du dich fertigmachst für diese Schweine?! Man opfert sich doch nicht auf für jemanden, der nur ein Mittel, ein Werkzeug ist! Entspann dich und streck die Beine ganz aus! Ja, so! Geht es jetzt etwas besser?" Sie hat dir eine Tasse heißen Tee zu trinken gegeben und dich dann liebevoll ausgezogen.

Du warst gerade beim Einschlafen, als du gesehen hast, wie sie in dem Dunst aufstand und das Fenster öffnete. Die Luft drang herein und führte einen Schwall Wärme mit sich. Du hast gesehen, wie sie kämpfte und keuchte. Als sie zurückkam, hat sie sich einen Augenblick an die Trennwand gelehnt und sich dann mit verstörtem Ausdruck auf das Bett gesetzt. Du hast sie gefragt, was sie habe.

„Ich weiß nicht! Mir wird schwindlig. Ich habe das immer öfter; es dauert einige Augenblicke lang und dann vergeht es wieder."

„Du mußt zum Arzt gehen!"

„Ja, heute nachmittag gehe ich hin."

Das Zimmer ist ein ganz kleiner, ungemütlicher Raum. Ein großes Doppelbett füllt ihn fast vollständig. Auf der linken Seite steht ein alter Schrank, der auch als Garderobe und zur Aufbewahrung von Medikamenten dient; rechts nimmt direkt neben der Tür,

die in das winzige Bad führt, ein Holzkasten, auf dem ein Petroleumkocher steht, fast den ganzen Platz ein. Als ihre kleine Schwester eingeschlafen war, stand sie auf und zwängte sich durch die kleine Tür in das Bad. Mechanisch fing sie an, mit den Nägeln sorgfältig an den weißgekalkten Wänden zu kratzen, dann suchte sie in allen Kästen, die unter dem Ausguß und längs der Wände standen. Wie ein gehetztes Tier kehrte sie zurück in das Zimmer, machte möglichst leise den Schrank auf, fing an bei den Medikamenten, wühlte unter den Schächtelchen und Fläschchen. Dann ging sie an die Garderobe und holte ein Kleid nach dem anderen heraus, fühlte es Millimeter um Millimeter mit der Hand ab. Nach zwei Stunden stand sie auf, schenkte sich einen kräftigen Whisky ein und trank ihn in einem Zug. Schweißperlen bedeckten ihr Gesicht, die Hände zitterten vor Müdigkeit. Enttäuscht brachte sie alles wieder an seinen Platz zurück und ging ins Bad.
Vor dem Spiegel blieb sie stehen. Ihre dunkelbraunen Augen machten einen müden, ihr kleines Gesicht einen aufgelösten Eindruck. Sie stützte sich mit den Ellenbogen auf den Ausguß, um ihre Perücke abzunehmen; ihre leicht gewölbte Stirn, die das ganze Gesicht beherrschte, kam zum Vorschein. Mit dem Zeigefinger strich sie über zwei Falten, die aufgrund der Übermüdung sichtbar geworden waren. Schlafen, dachte sie, ein paar Stunden schlafen! Wenn sie sich ausgeruht hätte, würde sie zum Arzt gehen, so zum späten Nachmittag hin. „Ja, ich werde mich sicher besser fühlen..." Sie zog sich gerade den Rock aus, als sie hörte, daß angeklopft wurde. Sie lief auf Zehen-

spitzen zur Tür.
„Monsieur?“
„Polizei!“
„Was wollen Sie von mir?“
„Wohnen sie allein hier?“
„Nein, ich lebe mit einer Freundin zusammen. Was wünschen Sie?“
Er war ruhig und sah sie mit Gleichgültigkeit und Verachtung an. Sie war überzeugt, einer Verwechslung zum Opfer gefallen zu sein. Wie unter einem Zwang verbanden sich ihre Gedanken, um sich gleich wieder voneinander zu lösen.
„Wo ist ihre Freundin?“
„Sie schläft.“
„Um diese Tageszeit? Wecken Sie sie!“
Er hatte sie bei der Schulter gepackt und schob sie sanft, aber energisch ins Haus. Ein Gedanke durchzuckte ihren Kopf. Sie begriff, daß sie aufgrund der Liebschaften der Freundin in ernsthafte Angelegenheiten verwickelt war. Der Schweiß trat ihr ins Gesicht, und sie wischte ihn mit einer ungeschickten Bewegung weg. Sie überlegte, ob sie sich auf die Knie werfen und um Gnade bitten sollte, und sie warf dem Polizisten einen traurigen Blick zu. Sie erkannte, daß kalte, fast haßerfüllte Aufmerksamkeit in seinen Augen stand, wie sie bei Leuten zu finden ist, die Macht über Leben und Tod der anderen haben. Sie ging zu dem Bett:
„Ya, Ya, wach auf! Ya, wach auf!“
Sie öffnete halb die Augen und erblickte sie, die ganz gerade wie ein Baum am Fuß des Bettes stand, und fragte, ohne erstaunt zu sein:

„Wer ist das?“
„Die Polizei! Steh doch auf!“
„Warum?“
„Ich weiß nicht, Ya! Und du, weißt du wirklich nicht, warum sich die Polizei für uns interessieren könnte?“
Sie sah sie fragend und beunruhigt an. Die Tür knarrte. Sie wandte sich kaum um. Zwei Männer in Zivil kamen herein. Sie waren kräftig und untersetzt wie der erste, trugen dunkle Anzüge und Brillen und hatten eine gewisse Familienähnlichkeit. Einer der Neuankömmlinge sagte ein paar schnelle Worte zu dem Erstgekommenen und stellte sich auf dessen linker Seite auf, während der andere an die rechte Seite trat. Sie kniete neben dem Bett nieder und unarmte Ya lange, um die Angst zu überdecken, die in ihr aufkam. Mit ihren Fingern umschloß sie das kleine Medaillon der Jungfrau Maria, das die Freundin am Hals trug, und murmelte: „Keine Angst, Ya! Ich bin da! Wir sind zu zweit! Ich werde dich nie verraten, Ya, niemals, verstehst du?!“
Ya lag auf dem Rücken und sah die Männer an, hatte den linken Arm an den Körper geschmiegt und den rechten um die Schulter der Freundin geschlungen, die jetzt schluchzend mit dem Kopf auf ihrer Brust lag. Ihr Hirn war wie gelähnt und suchte zu begreifen, aber es gelang ihr nicht, zwei zusammenhängende Ideen zusammenzubringen. Polizei? Es kamen ihr Zweifel. Nach ihrer Ansicht hatten sie eher das Aussehen von erfahrenen Zuhältern oder heruntergekommenen Politikern; Gesichter von Totschlägern. Was hatten sie ihnen vorzuwerfen? Voller Schrecken sah sie sie unterwürfig an. Alle drei standen sie da, auf-

recht wie die Justiz, fast zu ordentlich in ihren neuen Anzügen. Sie sagte sich, daß sie nur Abscheu für sie beide und diese elende Bude empfänden. Ich muß, so dachte sie, diese Atmosphäre der Furcht zerstören, um jeden Preis.
Mit einer plötzlichen Bewegung schob Ya Bettuch und Bettdecke zurück, verließ die Mulde des Bettes und ging völlig nackt zum Bad.
„Stehengeblieben!“ wurde sie angeschrieen.
„Warten Sie, damit ich mich anziehe! Ich stehe ihnen sofort zur Verfügung.“
Fast im gleichen Moment hörte sie Schritte und spürte einen Schlag. Ihre Schläfen zersprangen, und sie fand sich auf dem Boden wieder. Sie sah ihn gerade vor sich stehen, mit gespreizten Beinen, die Hände in der Tasche. Er hatte die Brille abgesetzt, und seine leicht spöttischen Augen zeigten keinerlei Bewegung. Regelmäßig versetzte er ihr leichte Fußtritte, vor allem in die Rippen und in den Bauch, sauber, als wollte er sich nicht schmutzig machen. Schreie kamen in ihr hoch. Jetzt hörte sie nicht mehr das Stöhnen ihrer Freundin. Der Schmerz steigerte sich. Eine geistige Pein, brennender körperlicher Schmerz! Ihre Seiten platzten auf. Sie begriff, daß die Versuche, das Gesicht zu schützen, sinnlos waren. Da begann sie wie eine Verrückte aufzuheulen.

4

Drei kurze Schläge, die der Präsident mit dem Hammer ausführte, bewirkten, daß er halb wach wurde und eine unwillkürliche Bewegung machte: Sein rechter Ellbogen glitt ab und schlug leicht gegen die Seite des Sessels. Er empfand einen Schmerz und wurde gänzlich wach. Der Präsident des Nationalen Verteidigungsausschusses sprach:
„Ich bitte um Ruhe, meine Herren! Ich bitte um Ruhe! Das Problem ist äußerst wichtig! Es geht um die Zukunft der Nation!"
Er zog die Nase hoch und sah sich an dem Tisch um, blickte in schläfrige, zerstreute, gelangweilte Augen. Geflüster schwebte durch den Raum. Sorgfältig versenkte er sich wieder in seine Träume. Seine Augen waren auf die Reihe von kleinen, kugelförmigen Lampen an der Decke gerichtet, und er versuchte hartnäckig, sich die Züge eines Gesichtes ins Gedächtnis zu rufen. Blumige Wege entrollten sich vor ihm, auf denen er den Gewohnheiten seiner Geliebten, einer nach der anderen, zur festgesetzten Stunde begegnete. Und in einer Art süßer Schläfrigkeit folgte er dem Bericht, den der geschäftsführende Sekretär des Ausschusses über die innere Lage des Landes gab: „Nach den Informationen des Geheimdienstes sind die Widerstandsnester der Rebellen alle nach einem Modell aufgebaut, dessen wesentliche Grundsätze die folgenden sind: Erstens sind militärische und zivile Organisation streng getrennt; zweitens werden die Dorfbewohner zu allen Aufgaben herangezogen; drittens. . ."

Jetzt zeichnete er Kreise und Schnörkel und dachte an die Dummheit, die er am letzten Wochenende begangen und die darin bestanden hatte, sie in ein Motel in der Umgebung von Kinshasa mitzunehmen. In jedem Augenblick bestand die Gefahr, daß er einem seiner vielen Bekannten begegnete oder sogar seinen Kindern, die manchmal in dem Bad schwammen, zu dem er mit ihr am Sonntagnachmittag gegangen war. Er hatte es dem Zufall überlassen, wie sich die Dinge gestalteten oder nicht gestalteten. Und alles war wunderbar gewesen.

Seine Augen hatten einen fröhlichen Ausdruck bekommen, und er lächelte seinem Freund, dem Vizepräsidenten der Abgeordnetenkammer zu, der ihm gegenübersaß. Dieser zwinkerte verständnisvoll zurück und fuhr fort, mit müdem Blick an seiner Pfeife zu ziehen. Die Stimme des Sekretärs wurde unsicher vor Erschöpfung: „Die zivile Organisation umfaßt drei wichtige Ebenen, die streng hierarchisch aufgebaut und, wie es scheint, voneinander abgeteilt sind: Die oberste Leitung, deren Aufgabe es ist, die Rekrutierungsmaßnahmen festzustellen, die Volksjustiz zu leiten, Hilfsmaßnahmen zu überwachen, Informationen und Waffen zu sammeln. Unmittelbar unter der obersten Leitung kommt das Regionalkomitee, das die Rebellen auch ‚Gebietsleitung' nennen. Es ist genau die Ebene der Aktion, denn es umfaßt alle diejenigen, die für die Durchführung der Anweisungen verantwortlich sind. Die unterste Ebene ist die des Dorfes: Ein Ausschuß fanatischer Anhänger, der sich ‚Revolutionsausschuß' nennt, wacht über die Einsatzbereitschaft der Dorfbewohner. In den Unterlagen, die

Ihnen ausgehändigt wurden, finden Sie, meine Herren, Karteikarten mit Angaben zu den Lebensdaten einiger Führer der Bewegung. Bitte informieren Sie sich darin!"
Wie alle anderen durchblätterte er die Kärtchen und verweilte gelegentlich bei dem einen oder dem anderen Gesicht. Dabei erkannte er zwei seiner ehemaligen Regierungskollegen wieder. Er bemerkte, daß seine Hände feucht wurden, und er wischte sie ab. Es war nach zwölf Uhr mittags. Die Stimme des Sekretärs ertönte: „Gibt es noch Fragen?"
Fast instinktiv hob er die Hand; er stand auf, schnaufte, hüstelte und sagte mit energischer Stimme: „Ihr Bericht, Herr Sekretär, ist ausgezeichnet. Aber ich erlaube mir, Ihnen im Namen meiner hier anwesenden Kollegen und für mich selbst zu sagen, daß die administrative, politische, soziale und juristische Organisation dieser Banditen vielleicht für Soziologen interessant ist! Wir dagegen wüßten gerne, wie weit sich dieses Geschwür geographisch ausgebreitet hat, wie groß die Zahl dieser Mörder vermutlich ist und welche Maßnahmen vorgesehen sind, um möglichst schnell mit diesem unglücklichen Zustand fertig zu werden!"
Er blickte an dem Tisch um sich und begegnete zustimmendem Kopfnicken. Zufrieden setzte er sich wieder. Die Stimme des Sekretärs verlor sich im Nebel: „Ich komme zu diesem Punkt, und dann werden mit ausdrücklicher Genehmigung der Minister für Justiz und für Innere Angelegenheiten zwei Rebellen vor Ihnen verhört."
Sein Einwurf hatte ihn erregt, und er löste ein wenig

seine Krawatte. Er nahm ein weißes Blatt und begann zu schreiben, während sich der Klang der Stimme des Sekretärs wie ein gleichmäßiges, schwaches Brummen verbreitete.

„Meine Freundin!
Geliebte, zärtliche, bezaubernde Freundin, ich denke an die Anmut, die Dein Gesicht hat und die in Deinem Blick zum Ausdruck kommt. Befangen in meinen eigenen Grenzen, gebe ich mich der Hoffnung hin, daß ich regelmäßig, als wäre es ein Zufall, durch Dich entdecken kann, was Deine Freude bedeutet; die einfachste, alltäglichste Freude, die Deine Anwesenheit ausstrahlt und durch die ich so angenehme Zerstreuung finde.
Ich weiß, daß Du ein außergewöhnlicher Mensch bist und meine Furcht verstehen wirst, Dich zu verlieren. Diese Furcht lähmt mich oft so sehr, daß ich Deine Anwesenheit nicht mehr ganz genießen kann. Wenn die Liebe, wie man sagt, bedeutet, daß ein Gedanke sich in einen anderen fügt, daß eine Begegnung ihre Vollendung findet, dann muß ich mit tiefstem Bedauern zugeben, daß wir noch nicht so weit gelangt sind. Was uns vereint, sind vielmehr die Gelegenheiten, in denen Momente des Rausches ihren Ausdruck finden. Ich genieße, ja, ich genieße den Zauber dieser seltenen und wunderbaren Augenblicke, die einen Wert, vielleicht ihren einzigen, insofern besitzen, als sie mich ohne Drama den grauen Alltag meiner Ehe ertragen lassen. Das Geheimnis unserer Verbindung läßt, im ganzen gesehen, keine großen Gefühle zu. Was sollen wir schließlich mit großen Gefühlen anfangen? Ich

stelle mir vor, daß Du bleibst, wie Du bist, frei von jeder Bindung, und ich finde es völlig normal, daß für mich Ehrgeiz und Erfolg weiterhin alles bedeuten. . . Du wirst im Augenblick wohl, wie ich mir sage. . ."

Plötzlich wurde die Stimme des Sekretärs des Ausschusses schrill und ließ ihn aufschrecken. Er hörte auf zu schreiben und sah, wie ein Mann und eine Frau hereinkamen, denen ein Offizier der Kriminalpolizei und zwei bewaffnete Soldaten folgten.

„Mit Sondergenehmigung der Ministerien für Justiz und für Innere Angelegenheiten", so fuhr der Sekretär fort, „wird der Herr Offizier vor Ihnen diese beiden Angeklagten verhören, die beide Offiziere der Rebellenarmee sind. Sie werden damit, um zu einem Ende zu kommen, eine umfassende Vorstellung der Probleme gewinnen, die uns beschäftigen."

Der Mann war groß und sah elend aus; er trug ein Hemd und eine verwaschene Hose, hatte struppige Haare und angeschwollene Lippen; er ging barfuß, die Hände waren ihm auf dem Rücken zusammengebunden. Er sah nicht bösartig aus, sondern schien unglaublich verletzbar zu sein. Er starrte auf den Boden mit den Augen eines Fisches, der auf dem Trockenen gelandet war.

„Sie sind angeklagt, ein Führer der Rebellen zu sein. Geben Sie das zu?"

„Ja!"

„Welche Aufgaben hatten Sie bei den Rebellen?"

„Ich war zunächst Vertreter der Volksmassen. Im Januar 1964 bin ich zum Befehlshaber einer Abteilung ernannt worden: Ich hatte die Verantwortung für eine

Kampftruppe und weibliche Polizei von insgesamt dreihundert Personen."
„Wo war Ihre Basis?"
„In Nkata und Luende-Nzagala, von wo aus ich mehrere Einsätze geleitet habe."
„Luende-Nzagala war Ihre letzte Basis?"
„Nein, ich habe diesen Posten im Oktober 1964 verlassen. Meine Chefs haben mich nach Dibanda geschickt. Von dort wurde ich nach Sambo, in die oberste Leitung versetzt."
„Und danach?"
„Danach hatten wir unser Lager im Wald von Ingetshi."
„Können Sie uns sagen, über welche Art von Waffen Ihr oberster Chef verfügt?"
„Fünf Fals, von denen eine in schlechtem Zustand ist, drei Mauser 52, vier Mauser 36; neunzehn weitere Mauser stehen den Kommandanten der einzelnen Gebiete zur Verfügung, jede Unterabteilung hat sechs Maschinenpistolen Sten, sechs Revolver und eine Mauser."
„Und damit wollten Sie die reguläre Armee besiegen?"
„Ja, wir hatten den Glauben, und das ist das Wesentliche!"
„Ihr Chef hat offenbar einen ausländischen Spezialisten für die Herstellung von Munition. Stimmt das?"
„Er hat einen Spezialisten, das stimmt; aber es ist kein Ausländer."
„Wer stellt die Gewehre her, die die Rebellen benutzen?"
„Eine Gruppe junger Arbeiter aus unserer Heimat."
Der Sekretär war während des Verhörs eingeschlafen.

Sein rechter Nachbar weckte ihn mit einem leichten Stoß des Ellenbogens, und er gab dem Offizier einen kurzen Befehl; der stieß die junge Frau nach vorn. Der Präsident des Ausschusses hatte sein gleichbleibendes hölzernes Lächeln aufgesetzt. Das Geraune verstärkte sich, als das Kind vorgestellt wurde: „Sturmabteilungen. . . Kommandant. . . Gemetzel an den Dorfbewohnern. . . Hat direkt dazu beigetragen, daß mehrere militärische Kommandos vernichtet wurden. . . Eine gefährliche Frau. . .“ Er sah sie im Profil an: ein junges Mädchen, vielleicht fünfzehn oder sechszehn Jahre alt, vielleicht auch achtzehn, höchstens zwanzig! Sie hatte magere Wangen und war in ein Gewand aus grobem Stoff gekleidet, das sie ziemlich häßlich machte. Ein ausgemergeltes Gesicht mit den großen, stillen Augen einer zu schnell gewachsenen Gymnasiastin. „Eine Herausforderung“, dachte er bei sich, als er sie aufmerksam betrachtete.
Er dachte an seinen unvollendeten Brief und versuchte weiterzuschreiben, gab es dann aber auf, um der jungen Angeklagten zuzuhören, die mit unerhörter Offenheit ihre Antworten gab.
„Sind Sie Mitglied der sogenannten Demokratischen Revolutionären Bewegung?“
„Ja, seit zwei Jahren!“
„Welchen Rang haben Sie in der Bewegung?“
„Ich bin Major.“
Etwas hinter den anderen sitzend strich sich der Sekretär seinen fein gestutzten kleinen Schnurrbart. Er sah so aus, als wäre er völlig verloren in Träumereien. Der Offizier der Kriminalpolizei gab sich männlich: Er machte den Versuch, einen Zornesausbruch aufzu-

bauen, schrie und schlug mit der Faust auf den Tisch: „Major! Herr Major! Statt in die Schule zu gehen, spielst du den kleinen Soldaten, nicht wahr?! Wieviele Männer habt ihr getötet, du und deine Mörderbande?“ Für kurze Augenblicke erstarrte das Mädchen, fuhr dann aber wieder ruhig fort, mit müder Stimme zu antworten.

„Haben Sie in dem Lager von Mubinzienne gelebt, wo Sie verhaftet wurden?“

„Ich war seit drei Monaten dort. Davor war ich in dem Lager von Sambo.“

„Warum machen Sie bei der Bewegung mit?“

„Ich bin eingetreten, um zu lernen, wie man Töpfe und Teller macht. Die Jungen meines Dorfes hatten mir gesagt, daß man das bei der Bewegung lernt.“

„Im Wald? Warum seid ihr denn dann vor den Soldaten geflohen?“

„Ich weiß nicht.“

„Sie lügen, nicht wahr?!“

„Ja, ich lüge. Wie Sie wünschen.“

„Wer hat Sie veranlaßt, in den Widerstand zu gehen?“

„Es waren Männer!“

„Welche Arbeit hatten Sie im Lager? Sie wollen uns doch hoffentlich nicht weismachen, daß Sie dort Töpfe gebrannt haben?! Wieviele Frauen waren Sie?!“

Er sah auf seine Uhr; es war ein Uhr fünfzehn. Der Präsident des Ausschusses, so sagte er sich, legt einen übermäßigen Eifer an den Tag. Man müßte herausbekommen, was er vorhat. Das junge Mädchen ging ihm auf die Nerven: Durch sie verlieren wir unsere Zeit.

Inwiefern stellt sie eine Gefahr für den Staat dar? Entweder war sie eine Verräterin, oder aber sie log mit erstaunlicher Naivität.

„Ich verheimliche nichts! Im Lager von Mubinzienne waren wir sechs Mädchen, die darauf spezialisiert waren, den Soldaten ihre Waffen zu klauen."

„Wie haben Sie das gemacht?"

„Zum Beispiel, indem wir uns verkleidet haben."

Sie wurden abgeführt zur großen Zufriedenheit der meisten Mitglieder des Ausschusses. Der Präsident ergriff wieder das Wort, redete von Wachsamkeit und von Vorschlägen, die man der Regierung vorlegen sollte. Die Aktendeckel und die Taschen waren schon geschlossen. Die Mitglieder des Ausschusses warteten höflich. . .

5

Es ist heiß. Das Radio dröhnt, eine Unsitte meiner Frau! Der Sturz der Regierung betrifft mich kaum; ich erwartete ihn. Aber warum regen sich alle meine Freunde derartig auf? Ich mußte den Hörer aushängen, um nicht erreichbar zu sein. Wegen der frischen Luft habe ich mich auf die Terrasse gesetzt und versuche zu lesen, aber immer wieder stört mich der Schweiß und ein kurzes, merkwürdiges Flimmern, das ständig vor meinen Augen erscheint.
Ich höre, wie die Kinder im Garten schreien. Ihre metallisch-schrillen Stimmen überwältigen mich und gehen mir auf die Nerven. Bald müssen sie in die Schule gehen. Dann werde ich meine Ruhe haben und endlich versuchen können, Siesta zu halten. Morgen werde ich wieder Kontakt mit dem Leben, mit meinem früheren Ministerium aufnehmen. Zur Abwicklung der laufenden Geschäfte, welche Ironie!
Was mir wirklich nachgeht, ist nicht dieser Sturz. Der ist eine Lüge wie die höflichen Floskeln: „Herr Minister!. . . Exzellenz!. . . Sehr geehrter Herr!. . . Es war für mich eine unangenehme Überraschung zu hören, daß die Regierung. . . Wenn Sie wüßten, wie sehr es mich getroffen hat. . . Ja, Monsieur, ich hatte die Gelegenheit und das Vergnügen, mit Ihnen zu verhandeln. . . Ich weiß, wie sachkundig Sie sind. . . Wir müssen uns unbedingt sehen. . . Unsere Partei rechnet sehr mit Ihrer Einsatzbereitschaft. . ." Gewiß, dieser Sturz hat mich überrascht, aber er gibt mir auch die Gelegenheit, etwas mehr Freiheit zu haben, mehr frei zu sein für dich! Du liegst mir im Sinn! Du

verstehst, daß es mir Vergnügen bereitet, in aller Ruhe über dich nachzudenken.

Ich habe nie gedacht, daß eine Liebschaft mich derartig zugrunde richten könnte. Vielleicht war ich auch wieder einmal zu naiv und habe mir nicht genügend Gedanken gemacht darüber, was dein Blick gegenüber meinem Verlangen bedeutete. In dieser feuchten Hitze eines endlosen Nachmittags drängt sich mir der Gedanke auf, als stellte unsere Begegnung in der vergangenen Nacht, wie alle vorangegangenen Treffen, eine Verneinung, ein Aufheben der Gefühle dar, die ich dir entgegenbringe. In deinen schlecht verhüllten Augen ließen Trauer und Haß gestern allzu deutlich hinterhältige Absichten deutlich werden, als daß ich nicht bemerkt hätte, daß sie dir recht waren. Auf jeden Fall stehen sie dir, ja, sie machen dich sogar schöner! Was mich jetzt, wo ich daran denke, bedrückt, ist die kaum wahrnehmbare, aber starke Schranke, die du sofort zwischen dir und mir errichtet hast. Zweimal habe ich mich gestern gefragt, ob ich mich nicht, wie alle deine Gelegenheitspartner, zu offensichtlich aufgedrängt habe, um nicht deinen Widerstand hervorzurufen gegenüber der unwahrscheinlich starken Versuchung, dich zu opfern. Gegenüber den anderen möchtest du doch nichts anderes sein als ein unendlich leeres Gefäß. Durch ihre Rufe, die zu dir dringen, und ihre Brutalitäten werden deine Träume gerettet, wird deine Börse gefüllt und findet zugleich die Verachtung, die du für sie empfindest, ihre Rechtfertigung.

Ich werde mein Wort nicht zurücknehmen, beruhige dich! Du bist und bleibst für mich, was du zu sein wünschst. Verlangt man denn von einem gern getragenen Gewand, daß es etwas anderes sein solle, als was es ist? Nur, ich fühle mich jedesmal, wenn ich dich treffe, nicht wohl in meiner Haut. Ich weiß, daß meine Freigebigkeit dich amüsiert und lockt. Ich weiß auch, daß du dir darin gefällst, die Leute meiner Art und meines Ranges nach mir zu beurteilen. Auch schon bevor ich dir begegnet bin, habe ich mich, wie du dir denken kannst, vor einer Frau gezeigt, wie ich bin. Es war jedesmal etwas Frisches, Angenehmes, Neues. Sie haben mich nicht zur Unterwerfung gezwungen, aber du. . . Ich gebe zu: Die Unterwerfung an sich stellt weder einen Makel noch eine Krankheit dar. Ich würde sie nur um deinetwillen gern hinnehmen, wenn ich wenigstens die Sicherheit hätte, dich nicht traurig zu machen, weil dadurch der Kreis deines Elends durchbrochen würde.

Du siehst: Ich habe dich im Verdacht, daß du in deinen Fehlern ebenso Erfolg haben möchtest wie andere in ihrem Glück oder in ihrer Karriere. Deine Freundlichkeiten und deine Probleme sind nur Lappalien. Du verteidigst dich, indem du den anderen peinigst, als wollte er dich fressen, du dummes, schönes Mädchen! Was für Nichtigkeiten sind deine Worte: „Mein großer Hase, ja, mein dicker Kater!. . . Du mußt wissen: Ich mag dich sehr!. . . Halt' mich fest, ganz fest, ganz heiß!. . . Freiheit!. . . Ich bin in Freiheit deine Gefangene!. . . Ich verspreche dir, ich schwöre dir: Du wirst sehen, mein Bär, mit vierzig werde ich ganz dir gehören!. . . Sieh nicht aus wie ein Elefant, du machst mir Angst!. . . Oh, du machst mir wirklich Angst, mein dicker Elefant!. . ."

Wer bist du denn, du Chamäleon? Nur du selbst kannst es sagen! Dein Ausdruck wechselt ständig, du schreist, singst, bittest inständig, du trödelst, du verabscheust mich, und du umgibst dich plötzlich mit der Würde eines trotzigen kleinen Kindes und forderst, daß ich mich darüber schäme, dir zu Füßen zu liegen! In deiner Unschuld ist, wie mir scheint, etwas herrlich Perverses. Ein Zeichen dafür ist dein Lächeln, das ich im übrigen sehr liebe, das aber vielleicht nur deshalb so schön ist, weil es allein auf der Oberfläche erscheint, weil es kalt auf der Oberfläche aufgetragen ist. Freilich scheinst du es nicht gerne mit den Augenblicken in Verbindung zu bringen, die das Ende deiner Kindheit ankündigen. Deshalb würde ich gerne die Gründe wissen, die dich veranlassen, alles zu meiden, was deinen Körper als den einer Erwachsenen verrät. Dabei weißt du das doch selbst am besten!
Ich glaube, ich übertreibe nicht, wie mehrdeutig du bist. Ich fühle, daß du mir gegenüber weniger befürchtest, meinen Höhepunkt zu verfehlen, als vielmehr, selbst zusammenzufallen durch deine eigenen inneren Spannungen. Du vertraust der Liebe, das hemmt dich und ärgert mich. Es bringt mich nicht weiter, daß ich, um anerkannt zu werden, dir manchmal etwas anderes als nur das Verlangen zeige. Ich bin und bleibe für dich unbestritten ein verkommener Bourgeois, der nur auf seine Sinnenlust aus ist. Ich möchte gewiß um nichts in der Welt auf dieses Vergnügen verzichten. Es bringt mich im übrigen in einen so ausgeglichenen Zustand, daß du mit deinen Launen mich ohne Drama verführen kannst. Aber deshalb darfst du mich doch nicht darauf allein beschränken!

Ich stelle mir oft die Frage, warum ich mich binde und warum ich mich an dich binde. Ich suche den Riß, und undeutlich tauchen Erinnerungen auf. Ja, gewiß, das war es eines Abends: deine Augen, ich erinnere mich daran. Ich hatte mir damals die Frage gestellt, was ich tun könnte, um sie zu besitzen. Etwas später habe ich mich deinem Körper zugewandt, deinem Lächeln, deiner falschen Schüchternheit, deinen Brüsten unter einem gespannten Stoff; eine Menge Kleinigkeiten, die mir zunächst Zerstreuung und dann Rettung von meiner Qual versprachen. An einem Abend hast du mich im Club Saint Hilaire vor einer Freundin mit der Bemerkung überrascht, daß du nicht Teil meines Lebens werden wolltest. Als hätte ich dich darum gebeten!

Nein, die Liebe ist für mich viel zu wichtig, als daß ich mit dir tagtäglich zusammenleben möchte, ohne zu fürchten, daß durch deine Egozentrik alles verloren geht. Da du vor jedermann die Ansicht vertrittst, daß die Liebe dir nichts bedeutet, möchte ich gern von dir einmal ganz klar hören, was unser Schweigen und Seufzen bedeutet, das mit der Zeit immer größer wird. Es ist so: Du siehst in mir ein Schaustück. Du bist überzeugt davon, daß du um keinen Preis die Grundsätze deines Berufs aufgeben und meine unglückliche Lage verändern darfst. Das ist vermutlich der Grund dafür, daß du zwischen dem, was du bist, und dem, was ich für dich empfinde, keine Übereinstimmung zuzulassen scheinst. Es sieht doch alles so aus, als würde ich dich verletzen, als würde ich dich vergewaltigen. Es gibt Augenblicke, wo ich dich wirklich hassen und dir wehtun möchte. Ich stelle mir vor, daß durch meinen einmal ausgebrochenen Haß deine ständige feindselige Abneigung verschwindet, die die Art schlecht erzogener Mädchen ist. Vielleicht wirst du dann verstehen, was es bedeutet, auserwählt zu sein? Es genügt, daß ich die Ausgaben stoppe, daß meine Augen für immer einen eisigen Ausdruck bekommen, um dir klar zu machen, daß ich zur Rasse der Herren gehöre. Du vergißt eins: Bald wird deine Anmut vergehen. Es wird dir klarwerden, wenn das, was du heute für selbstverständlich nimmst, verschwunden ist. Vielleicht wirst du dann verstehen, daß dein kokettes Verhalten mir gegenüber ein ebenso dummes wie sinnloses Spiel ist. Dann wird es vielleicht zu spät sein. Bums! Schluß! Treten Sie vor! Vorhang herunter! Platz frei für die Jungen!

Heute, jetzt mußt du leben! Warum möchtest du zu jenen gehören, denen das Leiden Freude macht? Weißt du, daß an deiner Stelle andere zu mir hinkriechen würden? Sei nur dickköpfig, und sei auch noch stolz darauf! Was für eine schöne Eigenschaft! Ich glaube, das ist der Grund, weshalb ich auf dich warten möchte, ein wenig aus Mitleid, ein wenig aus Trägheit und, wie ich meinen möchte, hauptsächlich aus Güte! Eine solche Lage gefällt mir übrigens, denn sie macht ganz unerwartet die Spiele meines politischen Lebens lebendig, die nur aus Warten und Geduld bestehen. Für mich bedeutet leben heute: warten, selbst wenn ich mir dabei meinen eigenen Untergang bereite. Jede Liebe müßte dahin führen. Ist das übertrieben? Auf jeden Fall ist es so, daß es für mich praktisch kein Zurück gibt.

Folgende Punkte müßten geklärt werden:

Letzte Woche in Nairobi war ich ganz nahe dem Selbstmord. Alle Voraussetzungen waren gegeben. Das kleine Photo von dir hat mich zurückgehalten. War es der Wunsch weiterzuleben oder nur der, dich wiederzusehen?
Was du gestern gesagt hast, stimmt: Ich bin unwahrscheinlich eifersüchtig. Meinetwegen kannst du ein Leben führen, wie es dir paßt, aber ich habe Angst, daß du mich wegen eines anderen verläßt. Kommt in dieser Angst nicht Unsicherheit zum Ausdruck? Ich kenne dich nicht oder, genauer gesagt, ich kenne dich schlecht!
Ich möchte, daß du mir offen sagst, was dich an mich bindet: Freundschaft? Zuneigung? Neugier? Oder nur Interesse?
Ich frage mich, ob ich dazu fähig wäre, dich aus Wut zu töten, wenn du mich eines Tages fallen ließest. Manchmal bist du nämlich der Anlaß dafür, daß mein Ehrgeiz menschlicher wird. Daher rührt wohl die Bedeutung, die ich dir beimesse.

II

1

„Wir bringen euch Grüße aus Mulembe. . .“
Diesmal hatten sie es einfacher gemacht: Sie waren in euer kleines Zimmer gekommen, ohne anzuklopfen und ohne die Polizei zum Deckmantel zu nehmen. Sie haben euch brutal geweckt mit ein paar Fußtritten in die Seite, die aber eine Freundlichkeit darstellten im Vergleich zu der harten Behandlung vom Vortag. Sie waren immer noch zu dritt, sie schienen sich wohlzufühlen in ihren Anzügen, sie waren schweigsam, schreckeneinflößend und heiter, bedächtige Ungeheuer. Sie warfen euch auf den Boden. Ihr habt vor allem aus Angst geschrieen, weil ihr, ohne recht daran zu glauben, gehofft habt, auf diese Weise vielleicht die Aufmerksamkeit von Passanten zu gewinnen. Sie hatten sich auf dem Bett niedergelassen und kümmerten sich, voller Verachtung, nicht um die Schreie von euch erschrockenen Weibern. Dann sprach derjenige, der der Chef zu sein schien, mit leiser Stimme:
„Ihr Schandflecken unseres Stammes, wir bringen euch Grüße aus Mulembe, und dir, Ya, den letzten Gruß deines Vaters! Man hat ihn umgebracht. Junge Leute haben seinen Kopf in der Nähe der Meli-Quelle gefunden. Der Körper ist verschwunden, und man hat nie erfahren können, was sie mit ihm gemacht haben. . .“

Du hast nur einen leichten Stich im Herzen empfunden. Deine Augen öffneten sich weit, wie Fenster, die auf eine vergessene Welt blickten, auf grüne Wälder, Untergehölz mit wildem Farn, auf ruhige Gewässer voller Fische, auf die Savanne mit den Gazellen, auf reiche Felder um ein glückliches kleines Dorf, Mulembe. . . Und dann dein Vater, ein Herr aus einer vergangenen Epoche, ein Greis, der nicht in die Zeit paßte, der aber gerecht und weise war! Er verkörperte eine Vergangenheit, die dir von Jugend an unbedeutend vorkam gegenüber dem, was die Weißen leisten konnten, aber du hast ihn geliebt, deinen guten kleinen Vater!

„Er war ein großer Mann, ein großer Chef, ein großer Kämpfer! Er ist gestorben für die Sache seines Volkes!"

Er ging hin und her, hatte eine Coca-Cola-Flasche gefunden und mit den Zähnen aufgemacht, setzte sie an den Mund und trank sie aus. Dann hatte er sie in die Ecke gebracht, wo ihr die leeren Flaschen sammelt. Deine Augen blieben trocken, als du an deinen Vater dachtest, und du warst selbst erstaunt, daß du keine Träne gefunden hast, um auch nur für einen kurzen Augenblick Trauer zu zeigen. An deiner Stelle stöhnte und schluchzte die Freundin, so zurückhaltend sie konnte. Du bist an sie herangerückt und bist in Tränen ausgebrochen vor ihrem aufgelösten Gesicht, und du hast nun die Schmerzen in der Seite gespürt. Sie hatte ihre Hände erst auf deine Schultern gelegt, dann hatte sie dich in die Arme genommen, und das Gefühl ihrer warmen Hände auf deinem Rücken ließ dich erbeben. An sie gedrückt, hatte dein Körper ihren erkannt, deine Schenkel fühlten sich eiskalt und feucht an, als müßten sie vergehen. „Er ist umgebracht worden“, hast du gemurmelt, „er ist tot, mein Vater ist tot!“ Dein Bauch an den ihren gedrückt, hat dich bei dem Gedanken an seinen Tod ein Schrecken und ein Schaudern ergriffen, und du wurdest von einer Erregung befallen, die das stoßweise Schluchzen verstärkte. Dann hast du dich beruhigt, weil du gefürchtest hast, daß sie ahnen konnten, was du unter ihren Augen durchmachtest.

Ihr habt euch auf den Boden gesetzt, um zu hören, was er euch zu sagen hatte. Er rief zunächst die Erinnerung an euer Dorf wach und kam dann auf deinen Vater zu sprechen:

„Er ist gestorben, weil er wußte, daß die Dinge, so wie sie sind, nicht gut sind, weil es Reiche und Arme gibt. Die Reichen sorgen dafür, daß dieser Unterschied erhalten bleibt und daß es immer Arme gibt, die ihre Sklaven sein sollen. In unseren Dörfern war es früher nicht so. Deshalb hat er gegen die Weißen gekämpft. Die Weißen sind gegangen, und jetzt sind es unsere Leute, Leute unserer Rasse, die. . .“

Du hast den Kopf an ihre Schulter gelehnt und still geweint, und in den von plötzlichem Schluchzen unterbrochenen Atemzügen kamen kurze Momente des Schreckens zum Ausdruck. In deinem Kummer hast du unbewußt die Jahre der Kindheit in deinem Dorf nachgelebt. Es hat dich erstaunt, daß deine Heimat den falschen Mächten des Handels und des Geldes erlegen war und daß auf diese Weise die Gewalttätigkeit ausbrechen konnte.

„Die Männer und Frauen bei uns zu Hause kennen

noch Würde und Ehre ihrer Vergangenheit. Deshalb kämpfen sie heute für etwas mehr Gerechtigkeit; deshalb unterstützen sie den Kampf der Befreiungspartei, während ihr beide inzwischen. . .!"
Entspannt hast du ihn prüfend angesehen und im Blut und in den Schmerzen deines geschundenen Körpers begriffen, warum du am Tage davor und heute so brutal behandelt worden warst. Man kann, wie deine alte Großmutter dir vor langer Zeit beigebracht hatte, mit einem Finger nicht das Gesicht waschen. Ihr wart die Finger einer Hand, die Glieder eines Körpers, aber du hattest das vergessen und warst unsanft behandelt worden. Sie tadelten dich mit den Worten:
„Vor allem bist du kein Kind wie die anderen, Ya! Du stammst von den Fürsten ab!"
Es wurde dir klar, daß du in der Tat, um überleben zu können, in ein anderes Lager übergeschwenkt warst. Seit deiner Schulzeit warst du der Meinung, daß du die alten aristokratischen Vorstellungen deiner Kaste beiseite lassen sollest. Eine neue Welt war da, vor dir: Nonnen in gestreiften Hauben hatten sich deiner angenommen, gottesfürchtige Frauen, wie man sagte, die sich Seiner Verehrung und Seinen Werken hingegeben hatten. Diese Jungfrauen waren über das Meer gekommen und hatten dir beigebracht, daß Gott ein Demokrat war und daß die Weißen dir die Zivilisation, eine großartige Zivilisation, brachten. Durch sie hattest du im Verlauf der Jahre gelernt, welche neuartigen Anforderungen sich aus der Arbeit ergaben. Man mußte arbeiten, um Geld zu haben, man mußte Geld haben, um zu leben, man mußte nach den Gesetzen des Herrn leben auf dieser Welt, um das Jenseits

zu verdienen! Und vor allem hatte dir klar zu sein, daß der Glaube, aus dem dir beim Abendmahl krisenhafte Augenblicke sanfter Verzweiflung erwuchsen, ein Geschenk, eine Gnade darstellte, die wenige wie du besaßen.

Arbeiten zu Seinem Ruhm! Für die Männer waren die Werkstätten da; für die besten von ihnen Ausbildungsstätten für Medizin oder Landwirtschaft. Für eine Frau, für dich stellte die Ehe die einzige Möglichkeit dar in einer Welt ohne Zukunft. Die Stadt hatte dich verführt durch ihre Freiheiten; es war ein erstaunlicher Aufstieg, der dich auf die Straßen von Kinshasa geführt hatte und durch den dir zugleich klargeworden war, daß die braven Schwestern wenigstens in dem einen Punkt recht gehabt hatten: Arbeit war entwürdigend, die Folge des Sündenfalls!

„Ihr verratet uns", sagte er, „durch eure Lebensweise! Die Leute eures Stammes leiden, sie kämpfen für ihre Freiheit, und was macht ihr beiden? Ihr spielt mit euren Körpern! Und du, Ya, bist eng befreundet mit dem schlimmsten Feind unseres Stammes, du bist die offizielle Geliebte eines Mannes, der sich unserer Sache widersetzt!"

Ihr habt instinktiv das klassische Verhalten der Frauen angenommen und seid zu ihren Füßen gesessen. Ihr wußtet, daß er recht hatte, daß ihr euch ohne Aufheben gewinnen lassen und endlich auf der Seite eures Stammes stehen mußtet.

„Macht weiter so wie bisher, aber ab jetzt im Interesse der gemeinsamen Sache! Vergeßt nicht, daß wir uns im Krieg befinden! Ihr als Mitkämpferinnen habt eine Stellung inne, die es euch erlaubt, in Erfahrung zu bringen, was man gegen uns vorhat!“ Er rang nach Luft wie ein schwerkranker Mann. Du hast gedacht, daß für die Deinen wohl bald weniger Schutz da wäre, und wolltest ihm zurufen: „Gehen Sie zum Arzt, wir brauchen Ihr Leben!“, aber du wußtest, daß eine solche Aufforderung ein Sakrileg darstellte, denn über ihm wachten die Vorfahren. „Vor allem du, Ya, kannst uns durch deinen Politiker von größtem Nutzen sein. Wenn du es für sinnvoll hältst, lebe mit ihm zusammen! Du wirst dann alle Vorhaben und Entscheidungen in Erfahrung bringen!“

Schüchtern hattest du geantwortet: „Ich habe mit ihm gebrochen!“ „Du weißt, daß eine Frau niemals die Verbindung abbricht. Du sollst ihm ergeben sein, sein Leben teilen oder mit ihm arbeiten!“

„Ja, ich werde das tun“, hattest du schlicht geantwortet. Mit dem Geheimnis der Blutsverwandtschaft hattest du wieder das berauschende Gefühl einer durch die gemeinsame Abkunft geweihten Bindung empfunden. Das stellte einen neuen Schlüssel dar für deine Gewohnheiten, denn die Nächte, in denen du dich in unbekannten Betten hingeben würdest, ständen von jetzt an unter dem Zeichen eines größeren Abenteuers. Schließlich hat er euch die Verhaltensregeln diktiert:

„Ein Bruder wird euch zweimal in der Woche in der Bar besuchen. Die Zeiten seiner Besuche werden regelmäßig geändert. Er kennt euch, und ihr werdet ihm erzählen, was ihr wißt!“ Ein Onkel oder ein Cousin wird in Geschäften kommen, und während er da ist, würdet ihr die verschüchterten oder die koketten Mädchen spielen, in der Überzeugung, dadurch das

geschändete Land eurer Kindheit zu retten.
„Wenn ihr uns zufällig eine dringende Meldung machen müßt, so geht ihr zum großen Markt; dort sucht ihr Ma Yene, die Gemüse verkauft. Ihr kauft etwas und erkundigt euch nach ihrer Mutter, die in ihr Dorf gereist ist. Sie wird euch antworten, daß sie seit Wochen auf Nachricht wartet. Ihr unterbrecht sie zweimal und sagt, daß die Zeiten hart sind!" Sie gaben mit leichtem Kopfnicken ihre Zustimmung, und es wurde ihnen andeutungsweise klar, daß sie zu Maschen eines weiten, ins Meer geworfenen Netzes wurden. Sie würden auf dem Weg, der sich auftat, gehen, ohne Fragen und ohne Probleme, ohne zu wissen, woher die Stürme kamen und wohin sie zögen, und dies notfalls ein Leben lang, denn der Stamm verlangte es!
„Vergeßt nie, daß ihr aus einem Stamm von Herren kommt! Denkt an eure Pflichten! Wie alle eure Brüder und Schwestern könnt ihr einen Gegenstand, der einem Europäer gehört, weder benutzen noch berühren, denn er ist immer verunreinigt! Wenn ihr es doch macht, so müßt ihr euch entsprechend dem Gesetz reinigen! Ebenso dürft ihr auf keinen Fall und unter keinem Vorwand die Leber, das Herz oder den Kopf irgendeines Tieres essen. Ihr wißt, daß es so ist!"
Die Sonne schien durch das kleine Fenster herein, vor dem als eine Art provisorischer Vorhang ein breites Wachstuch hing. Niedergeschmettert vom Gefühl unendlicher Trauer und grenzenlosen Hasses sahen die drei Männer und die beiden Frauen bedrückt und wildentschlossen aus. Sie wußten, daß sie an die Hörner von blindwütigen Tieren springen mußten, und sie hatten alle den Willen, den Kampf zu überleben und

danach wieder zu ihren Wurzeln zurückzukehren. So verband sie die Hoffnung.

„Unsere Feinde sind Schwarze wie wir! Was wir wollen ist: Gerechtigkeit, Gleichheit und unsere Unabhängigkeit. Unsere Bewegung steht den Mitgliedern anderer Stämme offen, die wie wir denken! Aber das ist nicht eure Angelegenheit! Laßt in eurer Rolle niemals die Verhaltensregeln von uns zu Hause außer acht! Seid immer höflich, selbst mit unseren Feinden! Nehmt niemals etwas, was euch nicht gehört! Wenn ihr etwas leiht, gebt es immer zurück! Kein Kampf rechtfertigt Bosheit! Achtet daher darauf, niemandem Leid zuzufügen! Vor allem müßt ihr wissen, daß ihr, wie zahlreiche eurer Brüder und Schwestern, von jetzt an vielleicht Todeskandidaten seid!“

2

Die Sache hatte sich auf die banalste Art und Weise zugetragen: Ich saß zufrieden auf dem Bett; sie hat sich schweigend vor mir angezogen, ihre Tasche und das Tuch genommen und dann ganz ruhig mit einem gutturalen Klang in der Stimme, den ich bei ihr nicht kannte, zu mir gesagt: „Jetzt ist Schluß, Papa! Schluß für immer!"
Ich habe sie verdutzt angesehen, weil ich mir etwas lächerlich vorkam und mich fragte, was sie genau sagen wollte.
„Was ist denn los?"
„Es ist aus, mein Schweinchen, aus, aus, aus! Du interessierst mich nicht! Ich gehe! Verstehst du?"
Sie war gegangen und hatte die Tür hinter sich zugeschlagen. Ich wollte warten, bis sie zurück sei, weil ich mir dachte, daß ich bis dann wieder in den Vollbesitz meiner Kräfte gelangt wäre. Alles hinge davon ab, was ich ihr sagen könnte. Nach einer Stunde wurde ich ungeduldig und ging, denn ich war zu der Ansicht gelangt, daß sie vermutlich mit dem gleichen Gesichtsausdruck zurückkäme wie am Morgen, als sie ihre letzten Worte gegen mich schleuderte. Da konnte ich ebenso gut gehen und ihr später ein Zeichen, ein kurzes Wort zukommen lassen und dann eben warten.

„Meine Freundin!
Vorgestern hast Du mir, geliebte Freundin, gesagt, daß Du mich nicht mehr wiederzusehen wünschst, weil ich Dich nicht interessiere. Bei dieser Entscheidung, die Du mir aufgezwungen hast, bin ich unsi-

cher, ob ich mir über etwas anderes als nur mich selbst Fragen stellen darf. Über Deinen Entschluß zu diskutieren, habe ich kein Recht; ich kann es nicht einmal, denn wenn ich es täte, könnte ich mich nur gegen ihn auflehnen oder ihn akzeptieren. Das würde letzten Endes entweder bedeuten, daß ich Dir Gewalt antue, oder aber daß ich mein Verhalten seit Anfang unserer Beziehung in Frage stelle. Ich meine damit alle Verhaltensweisen, die dem Grundsatz, verfügbar und bereit zu sein, widersprächen, auf den ich so viel Wert lege. Es käme schließlich auf dasselbe hinaus, wenn ich mich lang und breit über die konkreten Folgen Deiner Entscheidung ausließe; dies zu betonen wäre der Versuch, über Dich in der Erregung zu urteilen. Nachdem Du mir in den beiden letzten Tagen offenbar systematisch aus dem Wege gegangen bist, kann ich mir wenigstens den Luxus leisten, über die Gründe unseres Bruches nachzudenken. Ich würde gerne, ohne ein Urteil über Dich zu fällen, verstehen, was geschehen ist und wie und warum es geschah.
Selbst wenn ich eine Krise vorausgeahnt hätte, hätte ich mir nicht vorstellen können, daß sie so unerwartet ausbrechen würde. Dein kühles Verhalten am letzten Freitag hatte mich etwas unsicher gemacht, aber die Erklärungen von Dir, die mich nicht überzeugen konnten, ließen auch keinen Bruch erkennen. Du hättest Deinen Weggang besser vorbereiten können! Stattdessen glaubtest Du mich behandeln zu müssen, als wäre ich ein Außenstehender und als wäre ich niemals ein ebenbürtiger Partner gewesen.
Ich besaß den demütigen Mut der Sklaven, Dir am Abend danach im Club Saint Hilaire zu sagen, daß ich

Deinem Beschluß nicht widerspräche und Dir alles Gute wünschte; und gestern abend habe ich Dich sogar um Entschuldigung gebeten für alles, was ich Dir vielleicht angetan habe. Wirklich ein demütiger Mut, aber auch eine Erniedrigung! Ich bin selbst erstaunt darüber!

Ich mache Dir keine Vorwürfe. Mit welchem Recht täte ich dies?! Aber ich kenne auch meine Vergangenheit und habe, wie Du Dir denken kannst, Verhältnisse gehabt. Ich hatte solche, in denen ich der verehrte Gebieter war; es war mir oft nicht recht, und ich habe manchmal darunter gelitten, aber ich habe meiner Partnerin nie zu verstehen gegeben, daß ich es satt hatte, und ich habe sie nie auf die Weise behandelt, wie Du mit mir umgegangen bist. Ich bewundere die schneidende Verachtung, die aus dem Brief spricht, den Du mir geschickt hast: ‚. . . Ich besitze heute die Überzeugung und vor allem die Kraft, Dir zu sagen, daß ich Schluß machen muß mit. . .' Du drückst es gut aus! Wie gerne würde ich, um das zu verstehen, Deine Überzeugung und Deine Kraft kennenlernen!

Mich verblüfft nach alledem nur, daß Du Dir nur um meine Einsamkeit Sorgen machst. Wovon wolltest Du sprechen, liebe kleine Freundin, von welcher Einsamkeit? Wie dem auch sei, ich fand es wunderbar, daß Deine Freundin Dir heute morgen zu Hilfe gekommen ist, um, wie sie es nannte, Deinen Anfall von schlechter Laune zu entschuldigen. Sie strahlte, und ich frage mich immer noch, was die Ursache ihrer guten Stimmung war. Im ganzen ist sie eine sehr schlechte Schauspielerin. Weil ich nicht eifersüchtig erscheinen wollte, habe ich mich darauf beschränkt, ihr zuzuhören und ihr die Antworten zu geben, die sie gerne hören wollte.

Ich habe nur noch eine Frage: Habe ich mich getäuscht, als ich von Anfang an den Verdacht hatte, daß Deine Gefühle mir gegenüber eher eine Art Egoismus waren?

Wie Deine Freundin sagt, stellst Du Dir die andere Frage, wie Du Dich gegenüber den Männern verhalten sollst. Die Dramen, die Du mit ihnen erlebst, hat sie mir brühwarm und wirklich abstoßend berichtet. Soweit ich weiß, hat Dich keiner je mit Gewalt genommen. Warum ist es dann nicht normal, daß die Männer vor Dir stehenbleiben, wenn Du sie herausfordernd ansiehst? Entsinne Dich doch einmal der Bemerkung, die Du vor kurzem eine Gemeinheit gerade in diesem Punkt genannt hast: ‚Kleine, man muß zahlen dafür, daß man eine Art Einrichtung ständiger Verfügbarkeit ist.' Diese Gemeinheit ist sicherlich durch Deinen Beschluß, mich zu verlassen, weder in Frage gestellt noch bestätigt worden, aber wurde durch ihn nicht ganz im Gegenteil der Schutzwall Deines Egoismus verstärkt? Wenn Du von den Männern genug hast und sie Dich anekeln, dann könnte dies Dich veranlassen, den Beruf und die Lebensweise zu wechseln; Du müßtest deshalb nicht unbedingt die Liebe verschmähen! Ich suche seitdem, um welcher Erkenntnis willen Du mich opferst.

Es würde mich nicht wundern, wenn Dein ‚großer Entschluß', mit mir zu brechen, auf die zweifelhafte Freundschaft mit jenem Mädchen zurückzuführen ist, das so tut, als kenne es keine Scham. Ich halte sie durchaus für fähig, Dich zu beeinflussen. Erinnere

Dich, was das angeht, an meine Fragen über Euch beide! Heute morgen ist sie bei mir wieder ganz sie selbst gewesen, sie war offensichtlich eifersüchtig auf Deine Gefühle für mich, sie war berechnend, beschränkt und vor allem anmaßend.
Zum Schluß möchte ich Dir sagen, daß ich vor allem den Wunsch habe, daß Du bei Deiner Entscheidung konsequent bist. Ich habe Dich nie zu etwas gezwungen; warum sollte ich es also jetzt versuchen? Ich versuche nur, Deine Entscheidung zu verstehen. Sei gerecht zu mir, und gib zu, daß ich bis heute immer bestrebt war, Deine Absichten zu erspüren und Deine Wünsche zu erfüllen! Nach dem Bruch in unserer, wie Du es bezeichnest, bevorzugten Liebesbindung — was für ein Hohn liegt in dieser Bezeichnung! — verstehe ich nicht, daß Du mir das Almosen einer Freundschaft gewähren willst. Nein! Sei konsequent und behalte Deine Freundschaft für andere!“

*

Er fühlte sich wohl in der kühlen und dunklen Atmosphäre der Bar. Er war bequem in den Sessel gelehnt und spürte mit zerstreutem Augenausdruck, wie sich mit dem Alkohol eine unendlich angenehme Wärme in seinem Körper verbreitete. Er brachte die gedämpfte Beleuchtung mit einer Jazzmelodie in Einklang und hörte mit einem Ohr seinem Freund, dem Anwalt, zu, der ununterbrochen redete. Ein unsinnige Hoffnung beschäftigte ihn: Wenn er, wie gerüchteweise zu hören war, wieder Minister würde, wäre sie dann bereit, zu ihm zurückzukehren? Er spürte, wie eine Woge von Zärtlichkeit über ihn kam und sanft und mächtig in seinen Blick überging. Die Mädchen waren schön, schön wie Göttinnen. „Wie schön ist die schwarze Hautfarbe!“ dachte er bei sich. Sein Blick ging von den beiden Europäerinnen, die an der Theke lehnten, zu den tanzenden Afrikanerinnen, und er ließ ihn lieber auf diesen verweilen. Ein junges Paar fesselte ihn. Er versuchte, dem Orchester zu folgen:

> „Well, Crocodile Roskin' is something shockin'
> When your feet just can't keep still
> I never knew me a better time
> An' I guess I never will. . .“

Die Melodie drang in sein Fleisch und verband sich mit seinem Blut. Er mußte vor Glück lächeln und war überrascht, am Ende der Bar ein Barmädchen zu sehen, das unbeweglich und nachdenklich mit der linken Handfläche den leicht geneigten Kopf flach abstützte. Sie war wie eine schöne Gazelle in Ruhestellung, gleichgültig gegenüber der Anmut und der Schönheit. Er trank und träumte von nackten Mädchen, die in einem blühenden Kannafeld den Reigen tanzten. Weil ihm sein Parteipräsident gesagt hatte, er sei für die Regierungsbildung die große Hoffnung der Partei, fühlte er sich von den Göttern bevorzugt. Wieder einmal versprachen sie, ihn mit ihrer Gunst zu überhäufen. Der Anwalt redete eindringlich auf ihn ein: „Glauben Sie an Zauberei? Nein? Ich auch nicht! Allerdings muß ich für meine Person gewisse Einschränkungen geltend machen. Ich frage mich manchmal, ob hinter der Zauberei, nicht wahr. . .! Nun, ob sie nicht etwas anderes darstellt, als man meint: Nehmen Sie einmal an. . ."

Er ergriff ihn am Arm und verwickelte ihn in einen komplizierten Bericht. Einen Moment folgte er ihm in voller Übereinstimmung, dann gab er es auf und nahm wieder seine Träumereien auf. Er rief sich seine Reaktionen auf die Vorschläge des Präsidenten ins Gedächtnis:

„Sie tun mir viel Ehre an, Monsieur! Ich danke Ihnen für Ihr Vertrauen. . . Ja, Monsieur, ich habe mit dem Präsidenten der Versammlung gespeist. . . Nein, davon war noch nicht die Rede. Ich glaube, er wollte bei mir vorfühlen. . . Das Außenministerium? Meinen Sie, daß das möglich wäre?. . . Ja, gewiß. . . Ihnen obliegt es, zu sehen. . . Wenn das nicht geht, könnten wir uns mit dem Finanz- oder dem Wirtschaftsministerium begnügen. . . Einverstanden! Ja, völlig einverstanden!"

Er war optimistisch. Die Anrufe vom Nachmittag hatten ihn in seiner Hoffnung bestärkt. Am frühen Abend hatte er im „Colibri" den zukünftigen Ministerpräsidenten getroffen. Die Bedingungen, die er gestellt hatte, kamen ihm normal vor: Er hätte bei Amtseinführung eine Million Francs auf ein Bankkonto in der Schweiz einzuzahlen. Eins fügte sich gut zum andern. Die Bedienung, ein großes, schmales Mädchen mit dem Gesicht einer reinen Jungfrau, kam, um neu einzuschenken. Als sie sich bückte, berührten Locken ihrer Perücke sein Gesicht. Mit bebenden Nüstern sog er ein starkes Parfüm von Patschuli ein. Mit strahlenden Augen schenkte sie ihm ein

Lächeln zur Entschuldigung und zog sich zurück. Seine Finger glitten von den Armlehnen herab, und er fing an, den Rhythmus der Melodie auf dem Leder zu klopfen.

„But they'll never kill the thrills we've got,
Burning up to the Crocodile Rock,
Learning fast as the weeks went past,
We really thought the Crocodile Rock would
last."

Der Anwalt war ganz außer sich: „He, hast du sie gesehen? Hast du gesehen und begriffen? Sie will dich kapern, alter Freund! Du reagierst nicht? Mich ekeln alle diese Nutten an. Das ist die Zivilisation! So etwas wäre in den Dörfern unvorstellbar!" Das Orchester wechselte das Lied. Er ging immer wieder die Ereignisse des Nachmittags durch und betrachtete sich als einen Glückspilz und als den Herrn über alle diese schönen Körper, die hin- und hergingen und nach einem mit Schweiß vermischten Parfüm dufteten. Der Anwalt richtete seine Angriffe gegen ihn:
„Das ist eure Zivilisation, nicht wahr? Das ist die Zivilisation?"
„Aber mein lieber Freund, tust du so, oder was ist los? Bist du zum ersten Mal hier?"
Sein Gesprächspartner mußte lachen, ein eisiges Lachen. Er war anscheinend überrascht über den heftigen Ton der Antwort, und er verstummte.
„Was soll ich machen? Sie verdient sich ihren Lebensunterhalt, so gut sie kann."
Der Anwalt schüttelte skeptisch den Kopf. Seine Au-

gen zogen sich so sehr zusammen, daß sie nur noch zwei waagrechte, dünne Striche bildeten.
„Du bist Minister gewesen und wirst es vielleicht noch einmal! Und du hältst es für richtig, diese importierte Unzucht zu verteidigen! Die Verwilderung der Sitten gehört zu den wesentlichen Aspekten des Kapitalismus!"
„Wirklich?"
„Was, du glaubst mir nicht? Geh mal nach China! In unserem Umkreis, in deinem Heimatdorf, gibt es da solche Örtlichkeiten, solche Mädchen? Wir werden von diesem Sittenverfall überschwemmt!"
„Aber es macht uns Spaß, nicht wahr? Wir beide, du und ich, sitzen hier und trinken und lassen uns von unserer Lebenslust mitreißen. Beide hoffen wir, daß zwei nackte Mädchen mit einem Körper, der dem der Sklavin gleicht, die uns bedient, da vor uns auf die Knie sinken und daß jede in der einen Hand einen Korb mit Früchten und Gebäck und in der anderen ein Tablett mit Sektkelchen hält."
„Aber das ist ja. . . das ist ja lasterhaft!"
Vor Erstaunen richtete er sich etwas auf. „Lasterhaft?" Er hatte das Gefühl, daß er im Mittelpunkt einer vollkommen harmonischen Stimmung sei, und erfaßte nicht, daß eine solche Ordnung der Dinge mit der absoluten Freiheit, alle Träume im Leben zu verwirklichen, nicht verbunden sein könnte. In diesem Moment ging sein Atem regelmäßig, der Atem seines Blutes, aber auch der Atem der Herren des Universums. Mit einem Wink verlangte er, daß wieder eingeschenkt würde; er schloß die Augen und wünschte sich, auf einem See zu schwimmen wie ein Strauß Ro-

sen, ein Geschenk für die Geister der Sonne und des Regens. Er murmelte: „Das Laster, das ist doch die Hoffnung!“ Das Orchester unterstützte ihn:

„. . . Oh, teacher I need you
Like a little child
You got something in you
To drive a schoolboy wild . . .“

3

Besessenheit hatte sich eingestellt. Sie war das einzig Wirkliche in diesem Gemisch rasender Begierden, in das sich der Duft vieler Parfüme, der Schweißgeruch aller Schattierungen, Alkoholdunst, Zigarren- und Zigarettenrauch mengten. Es war eine Welt in Flammen, die, trunken von Musik, mit geplatzten Nerven einen steilen Abhang hinabrollte. In dem allgemeinen Taumel gefangen, klatschte er mit beiden Händen zum Takt des Tanzes. Spielte er noch eine Rolle, oder erwartete er nur, durch seine Verschlagenheit unschuldig zu erscheinen? Der Anwalt machte sich Gedanken über ihn und beobachtete ihn. Dann sagte er überraschend:

„Na, mein lieber Freund, Sie glauben wohl, ich sei betrunken? Widersprich nicht, Alter, sag mir lieber, ob man wirklich den Wein in meinem Atem riecht!" Beide mußten herzlich lachen. Es wurde ihm klar, daß ihn die ganze Nacht über Gewissensbisse plagen würden, und er sagte sich, daß er doch eine Waffe brauche, um nicht zu weit zu gehen. Diese Waffe bot sich von selbst an: Er würde ihn zum Sprechen bringen, um sich von seinen Worten tragen zu lassen, um mehr zu träumen und weniger zu trinken. Dem Anwalt machte es Spaß zu reden; nötigenfalls würde er ihm zu trinken geben.

„Trinken ist schön und gut. Mein Onkel väterlicherseits verstand etwas davon. Er konnte im Dorf zwei Tage lang trinken, ohne aufzuhören. Am dritten Tag rief er meine Brüder und mich zu sich, um uns von den Heldentaten unserer Vorfahren zu erzählen und um uns während eines ganzen Nachmittags eine Gardinenpredigt zu halten! Die Zivilisation der Weißen hat uns, wie du gesagt hast, das hier gebracht, aber wir haben durch sie verlernt, unmittelbar Freude zu empfinden."

„Sie hat uns das hier gebracht, aber auch die Anstalten für Geisteskranke, für alte Menschen und für Waisenkinder. Aber vor allem dies hier ist es, was mich. . . was mich. . ."

„Was dich stört? Du bist der richtige Jurist! Das ist doch das Leben, alter Freund!"

„Nein!"

„Wieso denn nicht?! Wofür machen wir uns bei der Arbeit fertig, wenn nicht für die Frauen, für das Geld, für das Geld, für die Frauen und für den Ruhm? Warum arbeitest denn du?"

„Und wenn ich dir sage, daß ich es tue, um zu leben?"

„Um zu leben? Für das Wohlleben und die Genüsse, ja! Such mir einen besseren Grund! Wir könnten uns, wenn du willst, schöne Sklavinnen aussuchen. Sie würden hier, vor allen anderen, für uns tanzen und trügen als einzige Kleidung Girlanden von Petunien- oder Bougainvilleablüten um den Hals!"

„Du bist wirklich ein dreckiger Kerl!"

„Dreckiger noch als die Anwälte? Ich genieße doch nur die Privilegien der Fürsten und bin glücklich darüber. Heute abend ist die Musik schön und sind die Mädchen schön; also gehen wir unseren Gelüsten nach! Es sei denn, du willst, daß wir gleich zwei Sklavinnen mitnehmen!"

„Nein! Ich möchte lieber nicht bei euern Politikerorgien mitmachen."

„Die Politik ist wie eine Königsherrschaft, sie ermöglicht solche Dinge! Hast du gesehen, wie hoch im Kurs beliebte Politiker stehen?“
Der Anwalt antwortete nicht, sondern zuckte nur die Achseln. Es kam ihm unwahrscheinlich vor, daß er nicht im Scherz redete. Der Minister aber dachte, daß der Anwalt ein verklemmter Kerl oder ein heimlicher Lüstling sei. Mehr als zuvor herrschte in der Bar eine Atmosphäre, als träfen in einem verrückten Treiben Grundwellen von Wohlgerüchen und Lebensfülle aufeinander. Er fühlte sich in Form, weil er wußte, daß die Nacht ihm, wie immer, Weihe verlieh. Er wollte es um jeden Preis wissen:
„Ich ahnte nicht, lieber Freund, daß du noch die Ängste aus dem Katechismus bewahrt hast. Segnen Sie mich doch, mein Vater, denn ich habe gesündigt und empfinde keine Reue!“
„Mußt du lästern?“ antwortete der Anwalt.
„Nein, ich möchte mich amüsieren. Ich will deiner Unbeweglichkeit auf den Grund gehen. Du kommst mir leicht beschwipst vor.“
„Nein, alter Freund, ich bin nur traurig!“
Er juckte sich verlegen am Hals und wartete auf das, was folgen sollte. Er wurde erlöst durch kristallklares Lachen vom Nachbartisch, das ihn an die goldgelben Herzen der Margaritenblüten in seinem Garten denken ließ. Besänftigt wandte er sich wieder dem Anwalt zu: Der sah stockbetrunken aus, mit trübem Blick in einem häßlichen Gesicht und großen Tränensäcken unter den geröteten Augen. Er bekam Mitleid mit ihm und faßte seinen Arm.
„Warum soll ich dich verderben?“

„Ich wollte doch Priester werden. Ich wurde aus dem Seminar wieder nach Hause geschickt. Ich weiß nicht, was ich suche!"
„Geh und mach Geld, immer mehr Geld! Dann wirst du die anderen beherrschen und sie glücklich machen können! Du wirst sehen!"
„Ja, vielleicht! Aber ich suche mehr als das. Weißt du, mein Vater ist Alkoholiker! Ich hasse ihn. Er verfolgt mich mit dem ständigen Verlangen nach Geld. Im Augenblick warten mehr als zwanzig Leute bei mir zu Hause. Sie warten darauf, daß ich, wie jeden Tag, Geldscheine verteile! Onkel, Tanten, Vettern! Schweine sind es, Schweinekerle, verstehst du?!"
„Ja, ich verstehe, bei mir ist es ähnlich!"
„Deshalb bin ich hier."
Wie weiß schimmernde Perlen auf dunklem Grund rannen ihm zwei Tränen über die Wangen. Er faßte ihn am Arm und sagte freundlich zu ihm:
„Dann kannst du ebensogut auch versuchen, wirklich zu vergessen in einem freien Genuß, hier oder anderswo! Verstehst du: Schmutzig wäre es, als ein Gefangener der Schweinekerle, wie du gesagt hast, zu leben!"
In bunten Streifen schienen die Lichter von der Decke herunter. Das Orchester spielte einen Slowfox. Helle, feste Synkopen stiegen in einer Kaskade auf. Noch freundlicher im Ton, fing er wieder an:
„Erinnerst du dich noch, wie wir als junge Studenten die verbotenen Früchte entdeckt haben, die die guten ehrwürdigen Väter vor uns verbargen? Die ‚Lieder der Bilitis' von Pierre Louÿs, erinnerst du dich daran?"
Und er zitierte:

„Schatten des Gehölzes, aus dem sie kommen sollte, sage mir, wohin meine Herrin gegangen ist!
Sie ist in die Ebene hinabgestiegen?
Ebene, wohin ist meine Herrin gegangen?
Sie ist am Ufer des Flusses entlanggegangen.

Schöner Fluß, du hast sie vorbeigehen sehen, sage mir, ist sie in der Nähe?!
Sie ist weg von mir zum Weg gegangen!
Weg, siehst du sie noch?
Sie hat mich verlassen, um zur Straße zu gehen!"

Mit verschleierten Augen und rauher Stimme, die vor Erregung stockte, fuhr der Anwalt fort, während das Orchester mit Beifall bedacht wurde:

„Oh weiße Straße, Straße der Stadt, sage mir, wohin du sie geführt hast!
Ich habe sie zur Goldstraße gebracht, die nach Sardes hineinführt.
Oh Straße des Lichts, berührst du ihre bloßen Füße?
Sie ist eingetreten in den Palast des Königs.

Oh Palast, du Prachtstück der Erde, gib sie mir zurück!
Sieh nur, sie hat Halsketten über den Brüsten und Quasten im Haar, hundert Perlen laufen ihre Beine hinunter, und zwei Arme umschließen ihre Taille!"[1]

---

[1] Das Gedicht im ersten Teil der „Lieder der Bilitis" von Pierre Louÿs (1870-1925) trägt den Titel „Chanson" (Anmerkung des Übersetzers).

Verdutzt betrachtete die Bedienung die beiden, während sie ihr Tablett in den Händen hielt. Mit einem Fingerschnalzen machte er dem Zauber ein Ende.
„Noch einmal dasselbe, bitte! Aber bringen Sie noch zwei weitere Gläser, und sagen sie den beiden Damen, die sich an der Theke langweilen, daß ich sie einlade! Wenn Sie nach Ihrem Dienst auch noch zu uns kommen wollen, werden Sie das nicht bedauern!“
Die beiden Mädchen kamen, zwei strahlende, hochgewachsene, feingliedrige Geschöpfe mit Rehaugen. Sie setzten sich ihnen gegenüber und spielten mit dem Hals und den Händen die Rolle schöner und gefährlicher Frauen. Da der Anwalt wieder zu sich zurückfand, bat er ihn:
„Erzähl mir noch von der Zauberei!“
„Ich würde lieber von der Absurdität der Gesetze über Zauberei sprechen, einverstanden?“
„Ja.“
„Vor kurzem hat jemand vor Gericht seinen Schwager angeklagt, er betreibe Zauberei. Der Schwager soll Kinder fressen, und zwei sollen in seinem Haus schon an einer geheimnisvollen Krankheit gestorben sein. Können Sie mir sagen, wie das Gericht entschied?“
„Keine Ahnung, wirklich, keine Ahnung!“
„Dann halten Sie sich fest! Das Gericht entschied, daß die verleumderische Anzeige auf Zauberei zum Freispruch des Angeklagten führt und strafrechtliche Folgen hat!“
„Wieso denn das?“
„Folgendermaßen: Da es Zauberei nicht gibt, kann eine Anzeige dieser Art nur auf Verleumdung beruhen!“

Der Anwalt brach in Lachen aus und lehnte sich zurück, so daß der kleine Sessel knarrte.

„Und dann noch diese Geschichte, mein lieber Freund: Ein Verteidiger klagt die Frau des Klägers an, sie habe ihn verzaubert und eine Krankheit bewirkt, die sich als unheilbar herausstellt. Die Entscheidung des Gerichts?"

„Die Klage wird als unbegründet zurückgewiesen."

„Ausgezeichnet! Sie machen Fortschritte, wie Sie sehen! Nehmen wir aber einmal an, daß man bei der Frau des Klägers ein Gefäß voll merkwürdiger Sachen findet, das sorgfältig versteckt ist hinter den Küchengerätschaften. Und gehen wir weiter und setzen den Fall, daß ihr Vater sie der Zauberei anklagt..."

Es war genau zwei Uhr fünfunddreißig, als er sie erblickte. Sie mußte sehr unauffällig hereingekommen sein, denn er hatte sie nicht kommen sehen. Während der Anwalt ihm das Problem darlegte, behielt er sie nachdenklich im Auge. Ihr Begleiter schien jung, sogar sehr jung zu sein. Er konnte ihn nur von hinten sehen, den Stiernacken eines jugendlichen Mannes mit Schultern wie ein Boxer. Wo kam er her? Er war ihm nie begegnet, obwohl er der Ansicht war, alle Liebhaber seiner früheren Freundin zu kennen. Sie lehnte den Kopf zurück und lachte aus vollem Halse. Hatte sie ihn gesehen? Sie war reizend, ganz sie selbst, in ihrem Tunikakleid. Er hatte bei anderen die Tunika nie gemocht, deren Stoff aus grober und häßlicher Baumwolle oder aus Rohwolle besteht, mit den breiten Uniformtaschen, die durch den Ledergürtel Falten schlagen. Sie hingegen wurde durch das Gewand mit dem kleinen Einsatz unter dem Arm geschmeidiger und

weiblicher, und die breiten Schlaufen, die den Gürtel festhielten, streckten ihren Oberkörper, was durch die weiße Hose noch verstärkt wurde.
Um etwas bequemer zu sitzen, schlug er seine Jacke zurück. Der Anwalt erzählte den Mädchen von Regenmachern. Er vergaß ihn, weil er bemerkte, wie ein heftiges Gefühl der Eifersucht in ihm hochkam.
Jetzt tanzten sie wie zwei einander hingegebene, schattenhafte Gestalten. Ihre weiße Hose warf das Licht mit blauem Schimmer zurück. Wie er sie so betrachtete, erinnerte er sich an die Glut der ersten Gemeinsamkeit, und ein Gefühl der Hilflosigkeit überkam ihn. Ihr Kopf ruhte auf seiner Schulter, und er stellte sich vor, wie ihre schmachtenden Lippen wie zufällig seinen Hals berührten. Für einige Sekunden erfaßte er in dem Spiegel an einem der Pfeiler ihr Gesicht: Sie hatte die Augen geschlossen, und ihre falschen Wimpern bewegten sich nicht; in dem halb geöffneten Mund erkannte er die strahlenden Zähne. Sie war eine Frau in der Ekstase!
Der Slowfox band sie noch enger zusammen. Sie bewegte kaum die Schenkel und ihre Arme waren um seinen Hals geschlungen. Die dunklen Brüste mußten auf dem Mann plattgedrückt sein. Er spürte, wie ihm die Wut heiß und heftig in den Kopf stieg, und er stand auf. Der Anwalt versuchte, ihn zurückzuhalten: „Nein, was ist denn mit dir? Du läßt mich doch nicht so einfach fallen, mit zwei Mädchen am Hals!"
Er aber streifte ruhig seine Jacke über, knöpfte sie zu, fuhr mit der linken Hand in die Hosentasche und zog Bündel von großen Geldscheinen heraus, die er auf den Tisch warf.

„Meine Damen, ich vertraue Ihnen meinen Freund an! Kümmern Sie sich gut um ihn, und tun Sie alles, was ihm Spaß macht! Bedienen Sie sich! Wir sehen uns an einem der nächsten Abende wieder!“
Gerade und mit hoch erhobenem Haupt ging er hinaus, beide Hände in den Hosentaschen, während eine Weise erklang, die ihm auf den Magen schlug:

„Saw your hands trembling, your eyes opened
  in surprise,
It's ninety in the shade, babe, and there ain't
  a cloud in the sky.
I called you my child, said honey, now this is
  our game,
There's two of us to play and I'm happy to be
  home again.“

4

Er war aufgewacht voll Sorgen und mit der Vorstellung, er müsse dringend etwas erledigen. Er suchte in dem nebelhaften Geschehen des Vortags und verirrte sich in dem Trubel des Empfangs am Abend. Seine Ernennung zum Minister war, wieder einmal, gefeiert worden. Freunde und Verwandte waren zahlreich gekommen, um ihn zu beglückwünschen. In seinen Gedanken tauchte der Vorsitzende seiner Partei auf und verschwand wieder. Nein, das war es nicht! Begleitet und beschützt von ihrer Freundin, war auch sie gekommen, unauffällig wie immer. Sie lachte mit ihren blitzenden Zähnen: „Warum siehst du mich so an? Es ist doch ganz einfach: Ich bin gekommen, um dem Helden meiner Träume zu gratulieren!"
Es hatte ein leichtes Gedränge gegeben. Es ging ihm weiter nach: „Ich muß etwas Wichtiges und Dringendes erledigen!" Er hatte sich dem Schmerz hingegeben, der ihm den Kopf zusammenschnürte. Er erhob sich und spürte das Gewicht seines Körpers. „Ich muß einige Kilo verlieren", dachte er, „ich werde zu dick." Dann kam es ihm, und er machte mit dem Kopf eine Bewegung ohnmächtigen Ärgers. „Der Rausch der Ehrungen und der Sinne!" Das hatte sie ihm zum Abschied zugeflüstert. Im Moment hatte er gedankt, obwohl es ihm merkwürdig vorkam, weil er glaubte verstanden zu haben: „...der Ehrungen und der Ziege." Erst später, als sein Herr und Meister gekommen war und ihm die Notwendigkeit eines Opfers ins Gedächtnis gerufen hatte, war ihm der Unsinn klargeworden. Von den ersten Worten seines Meisters: „Ziegen oder

ein junges Mädchen“ an hatte er die Stirn gefurcht. Er spürte, wie ihm der Zorn hochkam, aber er lächelte, als handelte es sich um harmlose gesellschaftliche Bemerkungen. Er leerte sein Champagnerglas in großen Zügen, wobei er mit dem einen Ohr bei seinem Meister blieb und mit dem anderen aufmerksam Geräusche und Bewegungen des Saales aufnahm und seine Augen über die neue Einrichtung des Salons streifen ließ. Er bildete den Mittelpunkt des fröhlichen, lärmenden Festes, den Mittelpunkt der Blumen, der Lichter, der Bilder, überall in dieser riesigen Dienstvilla. Er regierte und zeigte sich in seinem Verhalten als gutmütig, ruhig, voll warmer Freundschaft; aber zugleich versuchte er in den Augen oder in den Worten seiner Gesprächspartner Schmeicheleien und Doppeldeutigkeiten zu erkennen. Im Salon und im Garten sah man glänzende Gewänder und lange Kleider in lebhaften Farben, alles war voll mit jungen und in der Mehrzahl schönen Frauen, Männern im Abendanzug, die entspannt und fröhlich aussahen. Ein Rausch stiller Glückseligkeit war über sie gekommen.
Erst als er vor der Glastür, die in die Küche führte, vorbeiging, wurde er ganz wach und erinnerte sich an das Gespräch mit seinem Meister. Er blieb stehen. Ja, das ist es! Der Schirm der Lampe, neben der sie standen, verwandelte das Gesicht des Meisters in merkwürdiger Weise: Er hatte eine dunkelgraue Hautfarbe, grünliche Augen und Augenlider, die aussahen, als wären sie gegerbt. Er sprach eindringlich:
„Sie wissen, daß Sie sich in acht nehmen müssen vor Neidern?! Glauben Sie etwa, daß an diesem Abend unter Ihren Gästen nur Freunde sind? Wenn Sie wol-

len, nehmen wir Sie in unserer Gesellschaft auf!"
„Ich gehöre doch schon dazu!"
„Aber nein, mein Sohn! Das war nur eine Stufe!"
„Was sind Ihre Bedingungen? Wieviel kostet es mich dieses Mal?"
Er war leicht angeheitert und hatte das Gefühl, von den Göttern getragen zu werden; deshalb war er erstaunt darüber, daß er Vorsichtsmaßnahmen ergreifen sollte. Er lächelte überlegen und sah forschend auf die harten Züge im Gesicht des Meisters, der unbewegt blieb, mit seinem etwas schiefen Mund. Durch sein starkes Schielen hatte sein Ausdruck etwas Erschreckendes. Belustigt dachte er daran, daß man noch von Glück reden könne, daß der Meister einverstanden war, im Anzug und mit Krawatte zu kommen. Wenn er, mit Bändern geschmückt, im Gewand des Ordens gekommen wäre! Vom nächsten Tag an wäre er das Gespräch der ganzen Stadt geworden: der Minister, der zu seinen Festen Zauberer einlädt! Ja, er war ihm vor allem aus diesem Grund dankbar!
„Um endgültig in unsere Gesellschaft aufgenommen zu werden, müssen Sie, wie alle Novizen, ein Opfer darbringen: ein junges Mädchen oder stattdessen zehn Ziegen. Und um deine Aufnahme, durch die du endgültig zu den Unseren gehören wirst, weihevoll zu besiegeln, mußt du nach jahrhundertealtem Brauch einen Mann oder zehn Rinder opfern."
Der Wein trug seinen Teil dazu bei, daß er den Vorschlag großartig fand. Ein Paar, das sich von links genähert hatte, trat auf sie zu: „Guten Tag, Madame, Monsieur! Ich danke Ihnen, daß Sie gekommen sind!" „Exzellenz, die Ehre liegt ganz bei uns ... Ja

gewiß, auf bald!" „Geben Sie mir ein Zeichen, wann es Ihnen paßt!" Nach dem Austausch der Höflichkeitsfloskeln wandte er sich wieder dem Meister zu, der unbewegt dastand und angefangen hatte, mit dem Champagnerglas zu spielen.

„Einverstanden, so soll es geschehen, Meister!"

„Wann?"

„Morgen oder übermorgen. Sie sehen ja, ich muß heute abend mit allen Leuten ein paar Worte wechseln!"

„Nein, mein Sohn, das Sprichwort sagt: ‚Das Wasser ist dem Stein entsprungen. Dankt Gott und schützt den Felsen: Er wird euch wunderbare Dinge verkünden.' Sie müssen mir jetzt gleich das Opfer zeigen; dann werden wir morgen abend die Sonne und die Töpfe feiern können."

„Gut, das ist ein Grund. Ich würde gerne Ziegen anbieten. Aber Sie ziehen ein Mädchen vor?"

„Die Sitte zieht es vor!"

Ein Gesicht erschien ganz von selbst vor seinem inneren Auge. So könnte er sie endlich auseinanderbringen! Es war wie eine blitzartige Eingebung: Wenn ihre Beschützerin erst einmal weg wäre, würde sie die Anzeichen der Macht und den Willen der Götter erkennen!

„Nehmen Sie diese junge Frau! Die große in Weiß, die das junge Mädchen zu beschützen scheint, das ich eben begrüßt habe! Ja, die biete ich Ihnen an, sie ist nicht aus meiner Familie, sie ist meine Feindin."

Sie lachte hell heraus, während sie den Kopf leicht zurückgeneigt hielt und ihr Hals und ihre Brust vor Freude und Leben bebten.

Er blieb einige Zeit vor dem Spiegel stehen, um die Spuren der Nacht zu beseitigen, und hatte seinen Spaß an den Blasen, die er nach Belieben machen konnte, wenn er zwischen den Fingern hindurchpustete. Er trug immer noch seinen Schlafanzug, als er in das Anrichtezimmer ging, um zu frühstücken. Seine Frau, eine ruhige, dicke Matrone, wartete auf ihn und setzte sich still ihm gegenüber. Sie reichte ihm mit einer mechanischen Dienstbarkeit und ohne große Gesten, was er brauchte: Milchkaffee, Brot, Butter, Marmelade, Käse, Schinken, Torte...
Zerstreut drehte er am Knopf des Radios. Es wurde die Rede des Staatschefs wiedergegeben, die dieser am Vorabend gehalten hatte:

> „... Vergessen wir nie, daß sich die Blicke des ganzen Volkes auf die Inhaber eines öffentlichen Amtes richten. Von der Disziplin, die Sie sich auferlegen und von dem Beispiel, das Sie geben, hängen das Ansehen der Nation und die Autorität des Staates ab. Es ist nicht einfach, von unserer Bevölkerung zu verlangen, daß sie sich den Gesetzen unterwirft, wenn diejenigen, die die Gesetze machen, die ersten sind, die sie mit den Füßen treten. Ist der Gesetzgeber selbst nicht der erste Diener eines Gesetzes, das er allen auferlegt? Und ist die Beachtung des Gesetzes nicht seine erste Pflicht? Bei Ihrer Arbeit, meine Herren, achtet die öffentliche Meinung besonders auf Ihr Benehmen. So wichtig eine Auseinandersetzung auch sein mag, sie muß höflich geführt

werden, und man sollte im Rahmen eines anständigen Verhaltens bleiben! Jeder von uns kann von seinen Kollegen erwarten…"

„Hörst du diese Gardinenpredigt?"
Sie sprach leise. Er betrachtete sie und dachte, daß kein großer Unterschied zu einer friedlichen Kuh bestünde. Er sah den Zusammenstoß kommen und suchte ihm auszuweichen.
„Nein, Liebling, mach aus!"
Sie drehte den Knopf um und reichte ihm sofort einen neuen Milchkaffee. Sein Finger zögerte, als er ein Stück Zucker in die heiße Flüssigkeit warf und sie dabei leicht berührte. „Könntest du, wenn du Zeit hast", fuhr sie fort, „mit einem Chirurgen der Universitätsklinik einen Termin ausmachen für die Beschneidung des Jungen?"
„Mit einem Chirurgen? Das kann doch jeder praktische Arzt machen! Es fehlt doch hier nicht an Krankenhäusern und Krankenstationen! Ich für meinen Teil hätte mehr Vertrauen in die Pfleger!"
„Das sind Metzger! Hast du sie schon einmal arbeiten sehen?"
„Also bitte, übertreibe nicht, Liebling! Sie sind in jedem Fall billiger!"
„Ja, billiger! Das sind sie bestimmt!"
Ihre schneidende Stimme überraschte ihn, und er hob erstaunt die Augenbrauen und sah, wie ihr der Zorn in die Augen stieg: Das Gesicht erstarrte, und die Adern traten auf der Stirn hervor. Doch sie schleuderte ihm mit erstaunlich ruhiger Stimme entgegen:
„Sind deine Mätressen billiger?"

„Hör mal, Liebling…“
„Nein, laß mich in Ruhe!“
Er stand auf, zog sich zurück zum Anziehen und kam wieder herunter. Der Dienstwagen, ein schwarzer Mercedes, war vorgefahren, der Schlag stand offen. Er ließ sich auf dem Sitz nieder, murmelte: „Radio!“ und hörte wieder die Stimme des Präsidenten der Republik:

> „…es kann schwierig sein, die Regel anzuwenden, daß die Mehrheit über die Minderheit bestimmt. Es wird manchmal nötig sein, bei Fragen, die regionale Interessen berühren, nicht aufgrund einer Mehrheitsentscheidung nach einer Lösung zu suchen, sondern aufgrund einer allgemeinen Zustimmung. Eine Meinungsrichtung kann minderheitlichen Charakter haben, aber nicht eine Bevölkerung, deren regionale Interessen auf dem Spiel stehen. Die allgemeine Zustimmung erweist sich im übrigen als eine im eigentlichen Sinn afrikanische Lösung gegenüber Problemen, die ihrerseits wiederum charakteristisch sind für das heutige Afrika. Am Beginn der zweiten Legislaturperiode…“

5

War es ein Traum gewesen? Es kam ihm vor wie ein unendlich langer Traum voll Dunkelheit. Er sah sich selbst zu, wie er lebte: Es war sechs Uhr. Als er aus dem Amt ging, spielten die Lichtstrahlen der untergehenden Sonne wie ungefährliche Blitze auf den Bäumen und Wellblechdächern. Trotz des Westwindes herrschte noch eine feuchte Hitze. Er zwängte sich in den Wagen und ließ die Klimaanlage anstellen. Das Auto fuhr an. War es ein verlängerter Traum? Trotz einer gewaltigen Arbeitslast, trotz zahlreicher Besprechungen und einiger Liebesspiele, die er sich im Büro bei verschlossener Tür mit der Sekretärin erlaubt hatte, war es ihm nicht gelungen, den häßlichen Wink zu verdrängen, den er in Trunkenheit gegeben hatte. Jetzt war er wohl etwas verspätet. Er ließ sich in seinem Mercedes, der wie eine schöne schwarze Welle über den aufgeworfenen und teilweise zerstörten Asphalt der Vorstädte von Kinshasa glitt, von seiner eigenen Torheit umfangen. Er fürchtete nicht mehr, daß das schlechte Gewissen, das er am Morgen empfunden hatte, und seine eigenen Argumente, die ihn den Tag über verfolgt hatten, irgend etwas bedeuteten. Stellte der Feind, wer immer es auch war, nicht die beste Opfergabe dar, die man der geduldigen Nachsicht der Erde und den Wünschen der Vorfahren darbieten konnte? Der Meister hatte ihm am Vorabend gesagt, daß unsere Tradition dadurch in ihren Quellen befruchtet würde.

Als sie die Vorstädte hinter sich gelassen hatten, war die Nacht hereingebrochen. Der Fahrer fuhr in einen

ungepflasterten Weg, etwa zehn Minuten mit aufgeblendetem Licht, und blieb dann vor einem einsamen Haus stehen. Im Scheinwerferkreis saß der alte Mann leicht gebeugt und mit einer Pfeife im Mund auf der Erde. Der Stoff seines langen Gewandes flatterte; er sah, wie er sich mühsam erhob und mit der rechten Hand einen Gruß andeutete. Er gab dem Fahrer seine Anweisung und ging dem Meister entgegen. Er hörte noch halb, wie der Wagen zurückstieß und wieder wegfuhr. Der Meister sprach:
„Alles ist bereit, mein Sohn, Sie haben gut daran getan zu kommen. Sie kennen die Wahrheit der Vorfahren: ‚Die Sonne möchte nicht verehrt werden, solange sie lebendig ist!‘ Kommen Sie, wir wollen beten, bevor der Mond aufgeht!“
Sie gingen um das Haus. In der Ferne hörte man ein Tam-Tam. Der Westwind trug unbestimmte Geräusche aus dem Wald heran. Ängstlich und erregt tastete er sich voran. Sie blieben stehen, als sie auf einer Lichtung angekommen waren. Er spürte, daß die Eingeweihten des obersten Grades anwesend waren, und versuchte, die schemenhaften Gestalten zu erkennen, die nach der Sitte mit verschränkten Beinen im Kreise saßen und die Hände auf die Knie gelegt hatten. Als der Meister sich setzte, bemerkte er im gleichen Augenblick die verschnürte Gestalt, die flach vor diesem lag. Er zuckte leicht zurück. „Kommen Sie näher!“ sagte der Meister zu ihm, „kommen Sie näher, damit die Vorfahren Ihnen ihre Weihe geben und Sie für immer beschützen. Kommen Sie näher und stellen Sie sich rechts neben den Kopf des Opfers, das wir gemeinsam den Unsrigen darbieten wollen!“

Die Versammlung nahm wieder den Einladungsgesang im Chor auf. Wirre Gedanken schossen ihm durch den Kopf, als er zögernd zwei Schritte machte und schließlich seinen Platz einnahm, während die Versammlung zum dritten Mal den Gesang anstimmte. „Du mußt", dachte er, „daran glauben, daß sie sich in ihren Herzen sammeln! Dieses Opfer erfolgt nach altem Brauch." Dennoch fühlte er sich nicht wohl und hoffte in kurzen Momenten, daß das Leben der jungen Frau durch ein unerwartetes Ereignis gerettet würde. Schließlich gewann das Versprechen der Götter aber doch die Oberhand, und ein Lächeln trat auf seine Lippen, und er sagte bei sich: „Das ist der Vorgeschmack, der auf der Hoffnung beruht. Hieraus ziehe ich die Kraft gegen die Feinde der Meinen, gegen die Neider und gegen die Eifersüchtigen." Um sich abzulenken, wiederholte er den Katechismus und die Lehren der Religion, die die Wahrheit eines anderen, geistigen Universums darstellt und die manchmal, um des Gleichgewichts der Welt willen, Massaker und Morde in großem Maßstab nicht verhindert und oft den Besitz und die Anhäufung von Reichtümern erlaubt. Er hörte, wie er angerufen wurde.
„Nichts", so sprach der Meister feierlich, „gibt es im Himmel, in den Wassern, nichts auf und nichts unter der Erde, was nicht Euch gehört. Ihr seid das Heil unserer Kinder, Ihr führt unsere Söhne zur Vollkommenheit, Herr über das Leben, Euer Tod ist die Gegenwart, die unsere Qualen auf sich nimmt, Euer Ruhm liegt darin, uns zu verzeihen, wenn wir gegen das Gesetz verstoßen. Meister der Gewässer, haltet die Hand über Euern Abkömmling hier!"

Die Stimme setzte sich in seinem Bewußtsein fest, drang in seinen Körper. Er wurde von einem Schauder ergriffen. Fast gegen seinen Willen nistete er sich in dieser eintönigen Stimme ein, die in der Dunkelheit zitterte. Er suchte das Gesicht des Meisters und wurde gewahr, daß er nicht bei der Sache war, denn der Reihe nach sprach jeder der Anwesenden die rituelle Formel:
„Was uns hier in dieser Finsternis versammelt entsprechend den Gesetzen der Welt und der Gnade Gottes, durch die Ihr herrscht, ist Eure Güte für Eure Nachfahren. Beschützt sie, Ihr lebenden Sonnen des Universums, bewahrt sie vor Krankheiten, Schmerz und Gottlosigkeit! Was von Euch kommt, kann nur zu Ordnung und Maß Eures Glaubens streben. Segnet vor allem Euern Sohn hier, der als Erwählter unter wenigen aus den Massen herausgehoben wurde! Segnet ihn und umhegt ihn!“
Die Handflächen wurden ihm eiskalt, und er fragte sich voller Anspannung, ob er dieses Gebet aufsagen müsse. Vergeblich versuchte er, die Formeln zu behalten; schließlich gab er es auf. Durch die Anstrengung verdichtete sich die Angst in seinem Mund; er kam sich vor wie ein kleines Kind, das bei etwas erwischt wurde und lächerlich dastehen würde vor den Mitgliedern der Gesellschaft. Als er vor Verzweiflung mit seinen Händen fest die Umschläge seiner Jacke drückte, hörte er, wie der Meister die lange Formel wieder aufnahm:
„Nichts gibt es im Himmel...“
Der Mond war aufgegangen. Die Schatten der Eingeweihten waren deutlicher zu erkennen, wie dicke, un-

tersetzte Holzklötze mit Menschenköpfen inmitten der hohen Einzelstämme der Galerie des Waldes. Stehend, mit verschränkten Armen stimmte der Meister die Litanei der Vorfahren an. In der abgehackten Rede des Priesters strömten die Zeiten von einst, strömten alle Jahrhunderte in wilden Fluten dahin, während ein heftiger Regen der späten Jahreszeit niederrauschte. Plötzlich hielt der Priester an und sprach schnell und leise zu ihm: „Mein Sohn, kommen Sie zu der Begegnung mit den Ihren, von denen Sie jetzt und für immer umgeben sein sollen!"
Er kniete neben der jungen Frau nieder und konnte an seinen Waden einen leichten, warmen Atem spüren. Er richtete seine Aufmerksamkeit auf den Meister, der die Formel des Weiheopfers sprach. Er hörte, wie ein Helfer das Feuer hinter ihm entzündete, und erblickte gleichzeitig das flache, helle Messer in den Händen des Priesters, das im Mondlicht glänzte. Ein anderer Helfer, ein kleiner, alter, weißhaariger Mann, der ganz Haut und Knochen war, stellte sich auf die linke Seite des Opfers; er sang, während er seine Hände auf ihre Augen und auf ihren Mund legte und sie ihren Hals vorstrecken ließ. Die junge Frau ließ es mit sich geschehen, entweder, weil sie von der geheimnisvollen Atmosphäre, die sie erlebte, verhext oder weil sie durch eine Droge völlig willenlos gemacht worden war. Der Priester hob das Messer, das er fest am Griff hielt, hoch zum Himmel. Die heilige Hymne erklang, und alle Anwesenden nahmen sie im Chor wieder auf:

„Fafa Kandi, emi bona oke Kieze;
Obikakiila we nd'oto nda lobiko loke nd'okili
bone
Eki we obwe njokokundaka
o bolotsi mongong' okela' inndiwa y'ikulaka
Emi la jiotsi likam liuma tolanga otobatela,
otosakele bokako ko osa
kele bokakonda belemo ekam.
Onsoko ja belotsi beuma
nel' eko otokaa ekemo.“[1]

Ein Helfer drehte das Opfer um. Auf die Hymnen folgten formelhafte Sprüche. Er stand jetzt unbeweglich vor dem kleinen Feuer und sah, wie sich der Rauch in der Luft verlor. Das Opfer lag mit geschlossenen Augen und halbgeöffnetem Mund ruhig hingestreckt da. Es war eine stumme Mauer, ein Schutzwall geworden gegen alle Schreckgespenster der Zukunft, gegen möglichen Ärger und Intrigen. Es überkam ihn das Verlangen zu lachen, und seine Nerven entspannten sich. Er erinnerte sich an ihren Besuch. Sie trug ein kleines, graues Kostüm, das ihr hervorragend stand. Übermäßig hohe Absätze ließen sie größer erscheinen, als sie gewachsen war. Mit Beginn der Unterredung hatte sie eine Art, sich stumm in seinem

[1] „Vater Kandi, mein Vater, ich bin euer Sohn Kieze; während eures Aufenthaltes mit mir auf dieser Erde habe ich immer nach euren Gesetzen gelebt. Nach euerm Tod habe ich meine Pflichten erfüllt und für eure Beerdigung gesorgt. Die Meinen und ich selbst erhoffen euern Schutz, euern Segen auf allen unseren Werken. Überhäufe mich mit materiellen und mit geistigen Gütern! Schütze die Meinen!“

Blick zu versenken, angenommen, daß er unsicher wurde.
„Es tut mit wirklich sehr leid", hatte sie zu ihm gesagt, „ich kann meine Schwester manchmal nicht verstehen. Sie sagt, daß sie in ihren Beziehungen mit Ihnen nicht mehr klarsehe. Vermutlich ist es eine Laune von ihr!"
„Ja!" hatte er ärgerlich geantwortet.
„Wir wollen hoffen, daß ihr das vergeht! Es wäre vielleicht besser, sie ein paar Wochen lang in Ruhe zu lassen und zu warten, bis sie Ihnen ein Zeichen zukommen läßt!"
„Aber ich liebe sie doch!"
„Sie hat es mir gesagt. Daher rühren vermutlich ihre Probleme... Legen sie wirklich auf dieses Gefühl viel Wert, bei allem, was Sie haben, bei Ihrer Macht und Ihrem Reichtum?"
Sie drückte eine Hand ohne Scham flach auf ihren Bauch. Er hatte sich die Frage gestellt, ob sie am Magen litt.
„Ich lege, bedauerlicherweise für Sie, verehrte Freundin, viel Wert darauf. Im Augenblick verbindet sich mir alles mit dieser Liebe, verstehen Sie? Ich würde sie heiraten, wenn sie es wünschte."
„Ja", hatte sie leise, wie gebrochen gemurmelt.
„Es stimmt. Ich kann mir die Schwierigkeiten vorstellen, die ich hätte, wenn ich es täte. Sie kommt nicht aus meinem Stamm, und dann ihr Beruf!"
„Genau darum geht es: Sie sagen es ihr zu oft! Ihre ganzen Zustände rühren daher. Lassen Sie sie zu sich kommen! Sie erdrücken sie!"
Ihre Stimme hatte einen zischenden Ton bekommen.

Ihre Augen glänzten, mit den Fingern der linken Hand fuhr sie zerstreut über die Säume ihrer Jacke, während sie mit denen der rechten Hand auf die Armlehne des Sessels klopfte. Sie fuhr ruhig fort:
„Vielleicht liebt sie Sie gar nicht. Lassen Sie ihr doch die Zeit, sich darüber klarzuwerden!"
„Hören Sie, Sie unterstellen, daß..."
„Bitte regen Sie sich nicht auf, Monsieur! Ich möchte einer Freundin einen Dienst erweisen. Sie lieben sie, aber sie ist auch meine Schwester, wir kommen von demselben Stamm. Sie wissen doch, wie jung und kompliziert sie ist!"
„Ich verstehe ihre Probleme, aber Sie?"
„Wissen Sie, Monsieur, sie hatte niemals Glück mit den Männern!"
Er saß im Haus vor dem Meister und hielt ihre Leber in seinen Händen. Sie war durch das Feuer hart geworden. Er konnte sich nicht einmal mehr vorstellen, daß es einmal ein lebendiger Teil jenes Körpers war, der sich ihm widersetzt hatte. Auf seinem Gesicht lag nur noch ein kalter Ausdruck der Kraft, eine in sich ruhige Angriffslust, die Zeichen des Königreichs der Eingeweihten. Er war sich bewußt, daß er ein Orkan geworden war, ein Wirbel im Innern eines Flusses, dem keine Schleuse widerstehen könnte. Außer einem Verrückten würde es von jetzt an niemand mehr wagen, ihm zu schaden. Er sorgte sich nur noch darum zu vermeiden, daß die Seinen durch ihn eine Verletzung des Gesetzes oder Gottes beklagen könnten.
Während der Priester nach der Kommunion den Vorfahren dankte, sog er zufrieden die Luft ein, die erfüllt war von den Ankömmlingen aus dem Jenseits.

Nach den Gebeten trat der Meister vor ihn, hieß ihn aufstehen, umarmte ihn und sagte mit seiner tiefen Stimme:
„Das Opfer ist nach den Gelübden und nach den Riten vollzogen worden. Gehen Sie in Frieden, mein Sohn, und mögen die Unsrigen Sie beschützen! Gehen Sie in Frieden, mein Sohn!"
„Das ist die endgültige Aufnahme", dachte er glücklich. Er wollte sich bedanken, aber es fiel ihm nichts ein, und so stotterte er:
„Dank! Vielen Dank! Morgen, vor Einbruch der Nacht, werde ich der Gesellschaft den Preis von zwanzig Ochsen übergeben."
Kaum hatte er das gesagt, da fand er, daß sein Vorschlag unpassend und der Preis lächerlich gering sei. Der Meister blickte ihn ruhig und unbewegt an. Verwirrt fügte er hinzu, als müsse er sich entschuldigen:
„...als erstes Zeichen meiner Dankbarkeit!"
Vergeblich versuchte er, die Augen aufzumachen, und er dachte:
„Ich möchte das Licht sehen, ich möchte wach werden!"

III

1

*N*achdem er dich länger als eine Stunde hatte warten lassen, hatte er dich endlich gegen zehn Uhr empfangen. Er hatte es sicher mit Absicht gemacht. Aber kaum standst du ihm gegenüber, da war dir die Wut von selbst vergangen, Angst war dir wieder in die Kehle gestiegen, und schluchzend war es aus dir herausgebrochen:

„Meine Freundin ist weg! Seit zwei Tagen ist sie verschwunden! Sie kommt nicht nach Hause, und sie geht nicht mehr in die Bar! Helfen Sie mir!"

Väterlich hatte er dich bei den Schultern genommen, hatte dich von seinem riesigen Schreibtisch zu einer Sitzecke geführt, wo die Wände mit braunem Stoff bespannt waren, hatte dich in einem tiefen Sessel Platz nehmen lassen, dessen Polsterkissen aus Skai waren, er hatte auf einen Knopf gedrückt, um die Klimaanlage anzustellen, hatte die an den Wänden angebrachte indirekte Beleuchtung angestellt und sich in einen Schaukelstuhl dir gegenüber gesetzt. Du hast bemerkt, wie er dich beobachtete, ein Mann, der sich seiner Macht bewußt ist, ein Minister, der von seiner Bedeutung und seiner Stärke überzeugt ist. Er analysierte dich, das kleine, unbedeutende Ding. Du hast stumm vor Scham und voller Verzweiflung den Kopf gesenkt. Wenn er sich rächen wollte, so dachtest du, würde er nicht anders handeln.

„Sie allein können mir helfen, sie wiederzufinden!"

„Wenden Sie sich doch an die Polizei!“
„Sie wird nichts für mich tun!“
„Für dich oder für sie?“
Er sprach in trockenem Ton. Dein tränenverschleierter Blick traf auf die Augen eines satten Raubtiers. Er machte sich über dich lustig, weil er sich seiner Überlegenheit sicher war. Halb bestürzt und halb erniedrigt, glaubtest du ihn doch rühren zu können.
„Sie wissen genau, daß es meine Schwester ist!“
„Warum wendest du dich nicht an die Politiker deines Stammes? Es gibt genug davon! Du machst dich über mich und meine Gefühle lustig, und wenn du Schwierigkeiten hast, dann werde ich plötzlich der einzige, der dir helfen kann!“
Die Sprechanlage summte, er stand aus seinem Sessel auf und ließ sich in der Ecke eines Sofas nieder, das in einer Nische stand. Er drückte heftig auf die Taste eines Apparats, der in ein Fach aus Makoré eingelassen war. Du hast die Augen auf die Zimmerdecke gerichtet und angespannt, mit zerrissenem Herzen der Unterhaltung zugehört.
„Herr Minister, Sie empfangen in vier Minuten den Generalsekretär der Abteilung Außenhandel, in zwanzig Minuten den Herrn Botschafter von . . .“
Du hast gespürt, wie er die Wirkung seines Programms auf deinem Gesicht verfolgte, das zersprang und sich in die kleinen Stücke eines Puzzlespiels aufspaltete.
„Erlauben Sie mir noch“, so fuhr die Stimme seines Sekretärs fort, „Sie daran zu erinnern, daß Sie am späten Nachmittag einer Konferenz der interministeriellen Arbeitsgruppe für afrikanische Zusammenar-

beit vorsitzen müssen. Der Herr Kabinettsdirektor besteht darauf, daß Sie ihn direkt nach dem Botschafter empfangen; er würde Ihnen gern die Unterlagen vorlegen!"
Instinktiv hattest du deine Handtasche genommen, weil du wußtest, daß er keinen Augenblick mehr für dich frei hätte, und du hast dich gefragt, wie du ab jetzt auf den Gedanken kommen könntest, ihn an dein Leben zu binden, da du nicht einmal in der Lage warst, dich für einen Platz in seinem Terminkalender durchzusetzen. Du hast gezittert vor Haß und Ohnmacht. Er hatte dich warten lassen, ehe er dich empfing, und kaum warst du eingetreten, da gab eine anonyme Stimme dir zu verstehen, daß du zu gehen hattest, da seine Zeit, Sekunde um Sekunde, dem Staat gehörte. Du hast mit einem bitteren Geschmack im Mund auf den Boden gesehen und gewartet, bis er aufhörte. Du warst verärgert, denn du hast an den Preis des weißen Hemdblusenkleides gedacht mit den schönen langen Ärmeln, das du trugst und extra für diese Begegnung gekauft und ausgesucht hattest, weil du wußtest, daß es seinem Geschmack entsprach: Es war aus grober Naturseide gemacht und vor allem, es war vorne der ganzen Länge nach aufzuknöpfen, damit er es schnell öffnen könnte, wenn er danach Verlangen hatte. Du warst verärgert, wenn du daran dachtest, daß du an diesem Morgen zwei Stunden in geduldiger und mühsamer Kleinarbeit damit verbracht hattest, um deinem Gesicht jenen Anstrich von Unschuld und Perversion zu verleihen, der ihn anzog. Es war dir gleichgültig, daß er sah, wie dir die Tränen in die Augen kamen, in jene Augen, die so töricht wa-

ren, an ihre Macht zu glauben. Er hatte dich gebrochen; er wußte es, und du wußtest es auch. So hast du gehört, wie er im Ton völliger Indifferenz zu seinem Sekretär sagte:
„Einverstanden! Sie könnten aber den Herrn Generalsekretär bitten, am Nachmittag noch einmal vorbeizukommen! — Er sagt, es sei dringend? — Aber doch nicht so dringend, daß es auf ein paar Stunden ankäme! — Gut, wenn es mein Terminkalender erlaubt, heute nachmittag drei Uhr!"
Er ist zu dir gekommen, hat dir zugelächelt, als wollte er sagen: „Du siehst, ich bin ein mächtiger Mann!"
Ohne zu überlegen, hast du zu ihm gesagt, was er hören wollte: „Danke! Ich stehle Ihnen Ihre kostbare Zeit!"
„Aber nein, ich bitte Sie!" so protestierte er selbstzufrieden, „kehren wir zu unseren Problemen zurück! Wir haben zwanzig Minuten Zeit, um die Dinge ins Lot zu bringen."
Du bist ihm sofort zuvorgekommen und hast mit nervöser Stimme gesagt:
„Verzeih mir! Wenn du noch Verlangen nach mir hast, ich gehöre ganz dir!"
Er zeigte Wirkung, schweigend und mit größter Zurückhaltung. Im ganzen gesehen, war es für beide eine Art Apotheose. Sein Spiel, gekennzeichnet von einer kindlichen Absicht, seine Macht hervorzukehren, fand von selbst ein Ende. Er war hochbeglückt bei der Vorstellung, dich, diese freche kleine Person, wieder einzufangen und in einen Käfig zu sperren. Endlich hätte er den kleinen Kanarienvogel, auf den er seit Monaten wartete. Du wußtest deinerseits, daß die

kleinste Geste von dir jedesmal eine neue Anstrengung bedeutete. Deine Liebenswürdigkeiten wie dein Lächeln werden nur eine Art Schutzschild sein.
Er ging hin und her, frei von einer Last und voller Begierde, wie ein kleiner Junge, der glücklich darüber ist, wieder sein Spielzeug zu haben. Er posaunte seine Gefühle heraus: „Du weißt, daß ich auf dich gewartet habe. Hatte ich es dir nicht gesagt?"
„Ja."
„Ich bin wirklich glück . . . — zufrieden, daß du deine Meinung geändert hast!"
„Ich habe nie begriffen, was an mir es wert war, deine Aufmerksamkeit zu gewinnen."
„Ich liebe dich!"
„Hm."
„Glaubst du mir nicht?"
„Doch."
Er ist vor dir stehengeblieben, hat dich hochgezogen, sich in deinen Sessel gesetzt und dich auf seine Knie genommen. Er hat dich, nunmehr ohne Hemmungen, geküßt, als du eingeworfen hast: „Du wirst mir doch eine Arbeit besorgen, nicht war?"
Er ist kaum zusammengezuckt, hat sich schnell wieder gefaßt und dir mit Beherrschung geantwortet, als verstünde sich das von selbst:
„Natürlich, das wird notwendig sein!"
Natürlich, das war notwendig! Du bewundertest seine beherrschte Art und hast dich gefragt, ob er jemals vor deiner Anfrage daran gedacht hatte. Wenn er dich zu sich nahm, dann mußte er dich freilich aus der Gosse holen, dich reinigen, dich zum Licht herausbringen, eventuell helfen, daß deine Wunden vernar-

ben, und er mußte für immer die Male deiner Vergangenheit auslöschen.
„Nein, warum solltest du arbeiten? Das ist doch nicht notwendig!“
Trotz der Klimaanlage schwitzte er vor Glück, er deutete Zukunftspläne an, eröffnete Perspektiven und erzählte von dem, was ihm am Herzen lag: „Wir werden ein Appartement für dich nehmen! Nein, du ziehst in eine möblierte Wohnung von mir in der Stadt! Widersprich nicht! Du kannst doch nicht länger leben in diesem . . . in diesem Ort, wo du jetzt bist! Deine Freundin? Ich will mich persönlich darum kümmern, versprochen! Von morgen an steht dir ein Wagen mit einem Fahrer zur Verfügung. Wir sehen uns heute abend um neun Uhr wieder?! Du wirst dich schon eingerichtet haben! Mein Fahrer bringt dich hin und hilft dir beim Einräumen. Mach dir keine Sorgen mehr! In einer großen Stadt geht leicht mal einer verloren! Vielleicht erlebt sie gerade die große Liebe ihres Lebens, während du dir unnötig Sorgen machst. Was weißt du denn davon! Ja, einverstanden, auf heute abend! Der Botschafter wartet auf mich! Zieh dich schnell an! Auf Wiedersehen! Ja, ja, bestimmt! Neun Uhr!“

Es ist ein Uhr am Morgen. Mit leerem Magen gehst du in dieser ganzen aufwendigen Einrichtung herum; das Wohnzimmer ist zu groß für dich allein, das Eßzimmer ist zu weiß, und in der Küche stehen zu komplizierte Apparate. Du hast erfolglos versucht zu schlafen. Du warst außer dir und bereit, diesen Rahmen mit seinen Farben aufzugeben, um wieder die Freiheit des Vogels im blauen Himmel zurückzugewinnen,

und du denkst an Rache. Wenn du es könntest! Aber deine Leute haben dir den Auftrag gegeben, einen Weg einzuschlagen, der dir in dieser späten Nachtstunde wie eine schwere Strafe vorkommt.
Die Wohnung stellte nicht jene Erlösung dar, nach der du verlangtest, als er am Morgen mit dir darüber sprach; es war nicht einmal ein Schritt zum Luxus hin. Du hättest die große Menge Geld, die in diesen Möbeln und anderen kleinen Dingen steckte, vielleicht besser erfaßt, wenn du sie selbst ausgegeben hättest. Vielleicht hättest du dann ein Verhältnis zu den Dingen gehabt, wenn du dich bei jedem Einzelobjekt an das Zögern und an die Freude erinnert hättest, die ganze Tage in Anspruch genommen hätten; für jede Farbe hättest du tausend Ratschläge eingeholt bei allen, die dir begegnet wären, und hättest lange gezögert und mit einem Verkäufer debattiert! Nein, dein neues Reich war nur eine Inszenierung, durch die du ein wenig herumgeschoben wurdest. Das lag so in dem Gang der Ereignisse. Und seit gestern abend neun Uhr wartetest du auf den Gongschlag, auf den hin sich der Vorhang heben sollte.
Du hattest dir vorgestellt, endlich von alledem geblendet zu sein. Aber als du so auf dem weichen Bett lagst und an beiden Seiten deines Kopfes zwei Beleuchtungskörper brannten, die tief bis auf die Höhe des Kopfkissens ganz weißes Licht verbreiteten, da schnürte es dir das Herz ab, und du bist in deinem Alptraum versunken. Der blutige Kopf deines Vaters erschien, auf Wolken schwankend, und verdeckte stellenweise die Zimmerdecke, die zeltartig mit Stoff bespannt war. Du hast dich angestrengt und dich ver-

geblich bemüht, seine Zeichen zu entziffern, aber du hast Töne aufgenommen:
„Sie haben mich getötet!"
„Warum, Vater?"
„Vielleicht deinetwegen, meine Tochter. Wegen der jungen Leute, die wie du nur an sich selbst denken."
„An wen muß ich denn denken?"
„An alle, die an jedem Tag unnötig leiden!"
Mit weit aufgerissenen Augen hast du mühselig versucht, Wort für Wort den Sinn der Sätze jenes Mannes, der dich verurteilt hatte, deinem müden Kopf zu entreißen: „Ihr Schandflecken unseres Stammes! Er ist gestorben für die Sache seines Volkes! Er wußte, daß die Dinge, so wie sie sind, nicht gut sind! Du kannst uns durch deinen Politiker von größtem Nutzen sein! Unsere Feinde sind Schwarze wie wir!" Du mußtest schlucken, als du bei deinen Erinnerungen ankamst:
„... Wäre ich aufopfernder gewesen, wenn ich im Dorf geblieben wäre? Ich wäre verheiratet, hätte Kinder... Die Mädchen meines Alters sind jetzt bei ihrem dritten! Der Gedanke an die Routine ließ mich fliehen: die Kinder, die Küche, die Felder, der Weg zum Brunnen, über Jahre hinaus!"
„Geh, mein Kind!" hatte die ehrwürdige Mutter Oberin gesagt, „du bist intelligent, in der Stadt wirst du studieren können. Gott segne dich!"
Kaum warst du ein Trimester an der Fakultät, da hatte dich ein überschäumendes Gefühl größter Freiheit gepackt. Auf Seidenstoffe gebettet, erwartetest du deinen Herrn und Meister. Deine Eindrücke bedrückten dich. Du wußtest nicht genau, für welche armen

Leute du in diesen schönen Dingen leben solltest. Um sie ihrem Elend zu entreißen, hatte man dich dazu auserkoren, für die Bedürfnisse eines Mannes zu sorgen. Du warst seinen Launen hingegeben worden, und um diesen verstümmelten Kopf zu rächen, der vor deinen Augen hin- und hersprang, war nur die Wärme deiner Schenkel nötig. Es war unvernünftig, aber so hatten die Deinen entschieden. Ihr wart die Finger der gleichen Hand! Diese Wahrheit blendete dich, und sie gab dir eine Rechtfertigung.

Du wirst auf ihn warten, und er wird sicher kommen. Dann wirst du seinen Kopf mit deinen Händen fassen und ihm mit bewegter Stimme zuflüstern:

„Mein Liebling, warum hast du mich verlassen?“

2

Ich fand weder die Muße noch die Zeit, mich über meinen Sieg zu freuen. Am Nachmittag traf ich auf verschlossene Türen und Fenster. Die Zeit der ruhigen Machtausübung war vorbei. Ich geriet in die vorderste Kampflinie.

Ich konferierte gerade mit dem Generalsekretär für Außenhandel, als ich eine Einladung zu einer engeren Kabinettsitzung erhielt. Aus sicherer Quelle war zu hören, daß die Regierung möglicherweise nicht mehr das Vertrauen der Kammern bekäme. „Es sind bis jetzt nur Gerüchte", sagte der Ministerpräsident, „aber vielleicht wäre es gut, schon jetzt an konkrete Maßnahmen zu denken, um die Krise abzuwenden. Es würde uns beispielsweise genügen, wenn wir die Opposition spalten könnten. Aber wie wäre das zu erreichen?" Er bagatellisierte, beriet sich und holte Meinungen und Gesichtspunkte ein. Ich neigte zu einer Überraschungsaktion: „In der Politik gibt es keine Gerüchte. Diese erweisen sich nämlich immer als ebenso schädlich wie die Tatsachen selbst. Wir müssen die Initiative ergreifen und die Opposition auseinanderbringen. Wir müssen diejenigen Parlamentarier überführen, die trotz mühselig beigebrachter Alibis sehr gut mit den Aufrührern stehen; wir müssen daneben andere kompromittieren, die so tun, als wären sie unschuldig! Schließlich müssen wir uns diskret um die jungen Leute der Gruppe bemühen! Würde es denn nicht genügen, ihnen, wie beiläufig, unter die Arme zu greifen und ihnen etwas zukommen zu lassen, ohne darüber viel zu reden? Sie wären überglücklich, wie

jeder Bettler, dem man die Tür eines Palastes öffnet!“ Ich hatte die großen Linien einer Politik gezogen und der Einbildungskraft, wie er es wünschte, großzügig freien Raum gelassen. Nun beglückwünschte er mich indirekt, ohne es klar auszusprechen, und lächelte über diesen Zynismus, den er sich ebensogut selbst zuschreiben konnte, da ich nur in seinen Gedanken gelesen hatte. — „Aber das liegt doch auf der Hand, Herr Ministerpräsident!“ Und ich hielt mich zurück, um nicht hinzuzufügen:
„Die Politik hat ihre eigenen Wege!“
Wir studierten gerade die Möglichkeiten, wie man praktisch vorgehen konnte, um die Opposition zu spalten, als ich die Sitzung verlassen mußte: Ein entfernter Vetter hatte angerufen und mich gebeten, sofort nach Hause zurückzukommen, da ein Unglück geschehen sei.
Kaum hatte der Wagen vor der Treppe haltgemacht, da öffnete ich die Tür und sprang die Stufen hinauf. Ein Schrecken packte mich schon an der großen Glastür, denn der Salon war schwarz vor Menschen. Es war wie ein richtiger Markt: Alte Damen saßen auf meinen Orientteppichen, hielten Bierflaschen in den Händen, tranken und unterhielten sich fröhlich. Das Eßzimmer war in ein Trauerzimmer verwandelt worden. Schrille Hu-hu-Schreie erklangen zu den Rufen des Stammes und dem Lob meiner Familie und hoben sich ab von dem Weinen der Klageweiber. Die Schreie verdoppelten sich, als ich eintrat. Völlig vernichtet, mit geschorenen Köpfen und bloßen Brüsten saßen meine Frau und einige nahe Verwandte da und waren ganz Schmerz und Verzweiflung. Zerschmettert sah

ich auf den rotbefleckten Teppichboden, auf die Puffs aus granatfarbenem Samt, die als Tischchen dienten...
Mein Onkel nahm mich bei den Schultern, um mich in mein Arbeitszimmer zu führen, in das niemand eingedrungen war. Er setzte mich auf das Sofa und nahm sich einen Stuhl; ruhig verkündete er mir:
„Dein Sohn ist tot; du weißt es."
Nein, ich ahnte es vom Augenblick meiner Ankunft an. Er ist tot. Ich versuchte zu sprechen, um zu verstehen, warum und wodurch das geschehen war. Ich sprach innerlich mit mir selbst, voll Empörung und wirrer Gedanken. Ich brüllte, daß das nicht wahr sei, und ich war bereit, alles gegen dieses Verhängnis zu tun. Wie konnte dies mir zustoßen, mir? Er erklärte es mit den Worten:
„Die Beschneidung war schlecht gemacht, und eine Entzündung, die nicht ordentlich behandelt wurde, kam hinzu."
Die medizinischen Erklärungen interessierten mich wenig. „Man stirbt doch nicht an einer Beschneidung! Die Entzündung? Welche Entzündung? Welche Entzündung denn? Ja, gewiß, ich war auf dem laufenden. Statt in die Krankenstation zu gehen, wendete meine Frau Holzkohlenstaub an, um die Wunde besser zu pflegen. Das ist das wirksamste Mittel! Daran stirbt man doch nicht!" Was ich absolut blödsinnig fand, war der Grundsatz der Beschneidung selbst. Sie hatte als erste davon gesprochen. Früher oder später würde sie dafür zahlen müssen. „Ja, ich hasse dich, meine liebe Lebensgefährtin!"
Ich malte mir aus, was ich tun würde, aber bei jedem

Gedanken begegnete ich meinem kleinen Cowboy. Seine Augen glänzten wie in den Momenten, wo er sehr aufgeregt war.
„Papa, komm, du sollst das Pferd sein!“
Ich machte ein mürrisches Gesicht. Er stieg auf und begann zu schreien: „Hu, hu! Ich bin der einsame Cowboy! Vorwärts! Du bist mein schöner Jimpa! Galopp! Kommt nur, ihr Räuber von Abilene!“ Nach fünf Minuten bat ich ihn aufrichtig:
„Das Pferd ist müde, ganz müde!“
Mein kleiner Cowboy protestierte und tobte. Ich erklärte ihm: „Hör mal, ich habe viel zu tun! Dafür verspreche ich dir eine schöne Geschichte vor dem Schlafengehen!“ Er heulte und wälzte sich auf dem Boden. Ich drohte und machte mich lustig: „Ihr Räuber von Abilene, kommt mal und seht euch den Cowboy an, der euch solchen Schrecken einjagt!“ Das zog jedesmal. Er hielt mit der Aufregung an, lief noch ein paar Minuten im Leerlauf und kam mir, wieder ganz würdevoll, in mein Arbeitszimmer nach.
„Sei lieb, Papa, erzähle mir eine Geschichte! Eine schöne Cowboy-Geschichte mit vielen tückischen Indianern und bösen Räubern.“
Ich erfand verzweifelt Geschichten. Er folgte jedem Wort und hielt mich regelmäßig auf mit der Frage: „Was ist das, was du gerade sagst?“ Das war schon ein Tick bei ihm. Glücklich und zufrieden nickte er mit dem Kopf und lobte die Cowboys; wenn er enttäuscht war, zeigte er mit dem Finger auf meine Nase und sagte: „Weißt du, Papa, das kann nicht wahr sein, weil du neulich gesagt hast, daß...“
Kleiner rechthaberischer Gott, das konnte wirklich

nicht wahr sein! Du warst nur noch ein kleiner und trockener Körper in einem riesigen Bett, das kleine Gesicht eines dunklen Engelchens, das durch Zauberei erstarrt war, eine kleine, zu stille Stirn, die durch das graue Licht der Dämmerung, das durch die hellen Vorhänge fiel, einen Ausdruck annahm, als wäre es gegerbt. Du bist brav, mein Cowboy!
„Mein kleiner Cowboy braucht nicht zwei Kopfkissen. Ich nehme eins, es gehört mir. Es ist eine Kugel, eine Feuerkugel, schau! Sie rollt in die Straßen, und alle Autos lassen sie vorbei!“ Wir lachten laut heraus. „Jetzt wirst du schlafen, mein Räuber, ich mache das Licht aus.“ „Nicht die Tür zumachen, Papa!“ „Einverstanden, mein Cowboy, gute Nacht!“ In deinem Bett mit der Einlegearbeit aus Holz, dessen Farbtöne verfälscht worden waren, hast du ruhig ausgesehen. Mir traten Tränen der Ohnmacht in die Augen. Draußen fiel der Regen. Irgendwie hatte ich den Eindruck, daß er etwas Geheimnisvolles hatte. Aber was war das für ein Geheimnis? Ohne Zweifel war es eine Warnung. Woran kann man mit vier Jahren sterben? Warum, Gott meiner Väter?
Seine Großmutter hatte ihn doch vor einem Jahr, während der Ferien, geweiht. Er war begeistert davon zurückgekommen, etwas abgemagert, aber voller Lebenskraft. Seine Mutter war glücklich. „Papa, wann komme ich wieder zur Großmutter? Weißt du, sie hat mir für mich ganz allein ein weißes Huhn gegeben. Es hatte festgebundene Flügel, mein Huhn, und ich habe den ganzen Tag mit ihm gespielt!“
Ich mußte schon an den nächsten Tag denken: Gleich nach der Beerdigung wollte ich mich losmachen, um

wieder die Zügel zu ergreifen. Keine Rede von Trauerurlaub, gerade nicht! Das hieße nämlich zugeben, daß ich verletzbar wäre. Ich mußte handeln und den politischen Intrigen zuvorkommen. Ich hätte gerne die Aktion gegen die Opposition geleitet.

„Papa, Großmutter hat das Huhn getötet, mein Huhn! Ich wollte es nicht essen, es war mein Freund. Mutter hat gesagt, daß ich essen solle, um so stark zu werden wie du. Da habe ich gegessen. Weißt du, Papa, wenn ich groß bin, werde ich so sein wie du. Ich werde auch Minister sein. Und ich werde ein noch größeres Auto haben als du!" „Das hast du gut gemacht, mein Cowboy. Du wirst groß sein, sehr groß und stark, stärker als ich!"

Jetzt versuchte ich, mich mit der Woge zu identifizieren, die aus den Tiefen meines Wesens heraufstieg. Ich mußte meine Rache haben, mich dafür zunächst dem Ritual unterwerfen, alles auf die Eingebungen meines Instinkts hin ausrichten. Zwei Tage lang habe ich Stunde um Stunde in den steifen Gesichtern derjenigen, die mir ihr Beileid ausdrückten, den Schuldigen meines Unglücks gesucht. Der junge Priester, der die Totenmesse gelesen und die Absolution erteilt hatte, wollte mich nach der Beerdigung ablenken: „Die Wege des Herrn sind unerforschlich." Er war ehrlich. Ich fragte mich, ob die Wege des Herrn die gleichen waren wie die der Vorfahren. Hatten diese vergeblich versprochen, mich unter ihren Schutz zu nehmen?

„Schone dich!" riet mir mein Onkel. „Warte, bis die Trauerzeit zu Ende ist, um deine Aktivitäten wieder aufzunehmen!"

„Das ist unmöglich. Bist du auf dem laufenden, was

in der Regierung vorgeht?"
„Nein. Ich höre Gerüchte wie jedermann. Was gibt es denn Besonderes?"
„Es könnte sein, daß die Regierung in drei Tagen nicht mehr das Vertrauen der Parlamentarier besitzt! Kümmere dich um meine Frau und die Kinder! Sie brauchen dich, und laß mich tun, was ich tun muß."
Er verstand wohl, daß er sich, wenn ich nicht mehr Minister wäre, etwas kleiner vorkäme. Mein persönlicher Sekretär, der sich in meinem Arbeitszimmer niedergelassen hatte und den ganzen Tag Telefonanrufe und Beileidsschreiben beantwortete, stellte für ihn den Gradmesser meiner Macht dar, an der er teilhatte. Daß ich in der Überzeugung, eine nationale Bestimmung, einen Auftrag der Vorfahren zu erfüllen, danach dürstete, nach meinen Vorstellungen zu leben, war eine persönliche Sache, die ich ihm nicht mitteilen konnte. Er, der immer dem Lauf der Dinge gefolgt war, würde mich für einen Narren halten!
Meine Geliebte kam mir wieder in den Sinn, und ich dankte der geheimnisvollen Veränderung, durch die sie mir wiedergegeben wurde. Ich hatte sie vergessen. Ein Anruf, und sie verstand, drückte ihr Mitgefühl aus und sagte mir, daß sie eine ganze Nacht lang auf mich gewartet hätte. Sie bat mich, wenigstens für fünf Minuten vorbeizukommen, und ich versprach es.
Obwohl ich ständig zwischen meinem Ministerium und meinem Haus, zwischen diesem und dem Kabinett des Ministerpräsidenten hin- und herpendelte, versank ich geistig in eine merkwürdige Stumpfheit, die durch die täglichen Trauerriten noch verstärkt wurde. Zu Hause gaben sich die Frauen mit nacktem

Oberkörper den Schreien und den Tränen hin; im Garten tranken und lachten die Männer. Es war wie ein ätzender Stoff, der am Gesicht meines kleinen Cowboys fraß. Der Blitzstrahl hatte mich getroffen. Ich mußte mich wieder aufrichten, wieder Wurzel fassen, noch stärker wachsen. Ich sagte es dem Meister.
„Ich erwarte kein Entgegenkommen mehr von meinen Nächsten."
„Überrascht Sie das?"
„Ja, das erstaunt mich."
Sein geheimnisvoller Blick, der sich nicht entschlüsseln ließ, schien von etwas Geheimnisvollem hinter mir bewegt zu werden. Mit halb erstickter Stimme fuhr er fort:
„Welches Zeichen brauchen Sie, um zu erkennen, daß man sich nicht über die Vorfahren lustig macht?"
Ich dachte an das Opfer und an mein Versprechen, das ich aus Mangel an Zeit noch nicht eingehalten hatte. Erregt drang ich in ihn:
„Sie waren es doch nicht etwa, der mich getroffen hat?"
Er musterte mich kalt und unbestimmt von seiner Höhe herab und legte mir die Hand auf die Schulter. Ich begann seine Macht zu fürchten.
„Nein, mein Sohn, wir waren das nicht. Für uns ist dies ein schreckliches Zeichen, auf das wir eine Antwort finden müssen, indem wir so schnell wie möglich denjenigen entlarven, der Ihren Sohn getroffen hat. Dann werden wir mit Gottes Hilfe handeln können. Aber Sie müssen lernen, weder die Opfer noch die Diener Gottes zu verhöhnen!"
Gegenüber der Forderung des Meisters kam mir mei-

ne große Unaufmerksamkeit wie etwas Ungeheuerliches vor. Ich brauchte keine weiteren Erklärungen abzugeben. Ich unterschrieb sofort einen Scheck über anderthalb Millionen Francs. Das war in Ordnung so. Ich mußte das plötzliche Verschwinden meines Sohnes rächen und geschützt bleiben durch die Vergünstigungen der Götter. „Gehen Sie in Frieden, mein Sohn! Und mögen die Vorfahren mit Ihnen sein!“

3

„Du mußt verstehen, durch diesen Trauerfall hatte ich völlig den Kopf verloren."
„Ja, aber ... du hast mir schrecklich gefehlt."
„Verzeih mir, Liebling!"
Du hast verziehen und warst glücklich, noch dieses Mittel zu haben, um deinen Zorn zu vergessen. Schließlich war der Tod eines Sohnes ein schwerer Schlag! „Heute abend", so hatte er zu dir gesagt, „vergessen wir das Unglück und feiern unser Wiederfinden." „Einverstanden!" Die Freude war zurückgekehrt, als dir auf der Tanzfläche voller Glück wieder dein merkwürdiges Verlangen kam. Nach der langen Zeit der Gleichgültigkeit war dein Körper befreit und stürzte sich jubelnd in die Musik. Zurückhaltend, mit einem Anflug von Spott in den Augen, folgte er deinen Schritten als ein guter Schüler, begabt und wendig trotz seiner Körperfülle. Er war schön, so dachtest du, ein erlesenes Tier mit dem energischen Hals eines Nashorns. „Was für einen Eindruck mache ich auf dich?" hatte er früher einmal gefragt. „Du hast die Kraft eines Büffels oder eines Nashorns", hattest du geantwortet. Geschmeichelt und zugleich enttäuscht hatte er gelächelt. Jetzt wußtest du, warum er das tat: Er liebt es, den klugen Diplomaten zu spielen.
War es die falsche Pracht seines Halses oder der wilde Haß in deinem Innern, der dir deine neue Sicherheit gab? Du warst prachtvoll, als du zur Bar gegangen bist und deine alten Freundinnen, die Animierdamen, übersahst. „Wenn sie kein Reich für sich haben, sollen sie weiter betteln, wie ich es auch getan habe." Er

hatte dir zugestimmt. Du warst auf dich selbst zurückgezogen und wußtest, daß du zum ersten Mal in deinem Leben wirklich beneidet und vermutlich auch gehaßt wurdest.

„Ich muß mich von ihnen abheben", hattest du zu ihm gesagt, als du ein helles Kleid aussuchtest, das dir trotz der freien Schultern das Aussehen einer großen Dame gab.

„Du bist ein lebendes Bildnis", hatte er dir geantwortet, wobei er dich mit verschleiertem Blick ansah, als wärest du eine Statue.

Wie immer war das Abendessen mit ihm herrlich gewesen. Er machte aus jedem Essen ein köstliches Festmahl. Er behauptete, er sei von göttlicher Abkunft und Aufwand und Pracht gehörten zu seinem Universum. Er konnte und wollte nicht untergehen. Wie üblich wart ihr der Mittelpunkt des Lokals. Die Kellner schwirrten als ergebene und emsige Diener um euern Tisch. Trotz deiner Einwendungen mußtest du seinen Charakter bewundern, weil er, weniger als eine Woche nach dem Tod seines Sohnes, vor den Augen der ganzen Stadt mit dir ausgegangen war, während seine Frau noch Trauer trug.

Du hast kaum gegessen, weil du einem wahren Verhör ausgesetzt warst, das sich in gleicher Weise auf deine geheimen Wünsche, auf deine Vorlieben, auf deine Freundschaften und deinen Umgang, deine Familie und deine politischen Ansichten erstreckte. Du spieltest das naive Dummköpfchen und kamst immer wieder auf deine Liebe zu ihm und seine Freundlichkeit dir gegenüber zurück. Du warst ihm dankbar. Dafür überschüttete er dich mit Komplimenten, nannte je-

den Teil deines Körpers, hob besonders das Halsband aus Bernstein hervor und die goldenen Armreifen, die bei jeder Bewegung deiner Arme klirrten. Er hatte das Auge eines Besitzers, der ein neues, teuer erkauftes Tier inspizierte. Es schien dir ein günstiger Augenblick zu sein, um nach deiner verschwundenen Freundin zu fragen.
„Ich begreife es nicht", erklärte er dir mit unschuldigem Augenaufschlag, „ich hatte dir versprochen, der Sache sehr sorgfältig nachzugehen, und habe das auch getan. Der Polizeikommissar, der sich der Sache angenommen hat, fragt sich, ob deine Freundin nicht ganz einfach in ihr Dorf zurückgegangen ist! Wie soll man das wissen, da sich eure Gegend ja völlig im Aufstand befindet?!" Er zog leicht die Schultern hoch und neckte dich: „Hoffentlich hast du nicht vor, zu ihr und zu den Rebellen zu gehen?"
„Sehe ich aus wie eine Rebellin?"
Und dein Lachen kam aus tiefer Kehle und klang ganz aufrichtig. Seine Hypothese war verständlich: Du fühltest, daß du wieder auflebtest, und das war eine Sorge weniger. Er tadelte dich und war glücklich darüber, daß er dich durch ein Bonmot amüsieren konnte, er sprach zu dir über den Aufstand. Du kamst ihm entgegen:
„Ihr habt anscheinend Schwierigkeiten mit der Regierung..." Du hast ihm eine andere, sichere Brücke geschlagen, und er ergriff, ohne zu zögern, diese Gelegenheit und begann, über das ungehörige Verhalten mancher Politiker zu reden und darüber, wie schlecht das demokratische Prinzip des Westens sei. „Die Macht ist etwas Heiliges. Sie sollte wenigen von den

Göttern Erwählten vorbehalten sein. Das Volk hat nie und nirgendwo regiert." Er spielte mit Worten, die du schlecht verstandst, und mit Ideen, die dir befremdlich waren. „Ist es nicht unvorstellbar, daß dank eines Zufalls oder irgendeiner Erregung jedermann sich wählen lassen oder ein Kind zeugen kann? Auf demokratische Weise imitieren wir die Tugenden der Fürsten! Was für ein Skandal!" Die Schleusen hatten sich geöffnet. Du spürtest, daß irgend etwas nicht stimmte, aber du wußtest nicht, wie du dahinter kommen konntest. Letzten Endes war es dir auch gleich. Man mußte ihn sprechen lassen, dann würdest du nebenbei herausbekommen, was dich interessierte. Zudem hatte er es gern, daß die anderen, vor allem die Frauen, schwiegen, wenn er redete. „Du bist eine ungewöhnliche Frau! Du kannst wenigstens zuhören!" Du mußtest dich schütteln und schallend lachen, wie es sich für ein braves Spielzeug gehörte, und du brachtest ihn wieder zu seinem Thema zurück:

„Aber was wollt ihr denn machen, um diesen Aufstand niederzuschlagen? Er wird beängstigend, nicht?"

Er folgte wieder den Bahnen seines Geistes, enthüllte dunkle Wege, verborgene Abhänge, nannte Namen, um Eindruck auf dich zu machen, zeigte verschlungene Pfade auf, verkündete schließlich die Rettung der Republik. Beim Zuhören nahm es dich für ihn ein, wie naiv er war, aber du warst auch erschrocken über die zutage tretende Gewalttätigkeit. Zur Belohnung hattest du ihm einen Tanz vorgeschlagen.

„Würde dir das gefallen, mein Prinz?"

Entzückt hatte er dich geküßt und trotz der anderen Tänzer ringsum hochgenommen, leicht trunken, wie er war, von seinen eigenen Worten, vom Champagner und von der Atmosphäre der Bar selbst. Die wenigen Tage, die du von dem Ort weg warst, wo du gelernt hattest, was leben bedeutet, kamen dir wie eine Ewigkeit vor. Du hast dort den Widerschein der einsamen und verzauberten Inseln wiedergefunden. Dein feuchter Körper berührte seinen, und du bemerktest zunächst mit Überraschung, dann mit einem Gefühl des Glücks, daß ein Verlangen in dir wach wurde, das dich erstaunte. In der Erregung hast du angefangen, ihm die Worte ins Ohr zu flüstern, die euch in einem Rumba von Franco aneinanderschweißten:

„O ma makambo éé
O ma makambo éé

Likambo ya ngana soki omoni
Bombaka na motema
Ekolaka ndongo bandeko éé

O ma makambo éé
O ma makambo éé." [1)]

---

1) O Mutter, was für Geschichten!
O Mutter, was für Geschichten!

Wenn du etwas siehst, was andere betrifft,
Bewahre es im Herzen!
Es ist gewöhnlich schrecklich, meine Brüder!

O Mutter, was für Geschichten!
O Mutter, was für Geschichten!

Die Übersetzung des Gedichtes in Lingala, einer Sprache Zaires, erfolgte aufgrund einer französischen Übersetzung, die der Autor freundlicherweise mitteilte (Anm. des Übersetzers).

Die kleine Tanzfläche war zu einer Brücke geworden. Nur auf ihr konnte man hinüberkommen: Mit einem Lächeln auf den Lippen habt ihr euch vor- und wieder zurückgebeugt, seid voran- und wieder zurückgeschritten und habt einen Schritt nach links und eine Hüftbewegung nach rechts gemacht und versucht, euch in den Klang der Trommel und die tiefen Töne der Gitarre einzufügen. Dem Rhythmus des Blutes hingegeben, hast du getanzt und dich gefragt, ob du nicht in diesem Augenblick deine Leute an ihre Feinde verkaufst!
Das Verlangen, das du empfandest, stimmte dich heiter, und du hast bemerkt, daß er weniger widerlich war, als du behauptetest, und du hast eine Kälte vorgetäuscht, die um deines eigenen Gewissens willen dazu dienen sollte, die Eile zu überdecken, die dich erfaßt hatte.
Im Halbdunkel an euerm Tisch hast du ihn intensiv angesehen, voll Begierde bei dem Gedanken, ihn zu besitzen, und voller Angst, ihn eines Tages zu verlieren. Du hast ihm deine Hand gereicht und gehofft, damit in der Trunkenheit eines Abends für einen Augenblick die Verwünschung deiner Leute aufzuheben. Du warst ganz weg, fiebrig, nur noch Freude. Du fuhrst zusammen, als er kam.
„Es freut mich, dich zu sehen, meine Tochter, wie geht es dir? Man hat mir gesagt, ich könne dich hier finden! Guten Tag, Monsieur!"
„Es ist der Minister für. . ."
Du hast dich verhaspelt und entschuldigt wie ein ertapptes kleines Mädchen und dann gesagt: „Liebling, das ist ein Onkel von mir, ein Geschäftsmann!"

„Du gibst mir keinen Kuß?“ fuhr dein Onkel fort. Du hast ihn innerlich verflucht, aber lächelnd gehorcht und ihm erst die eine Wange gereicht und dann die andere und ihn dabei mit leiser Stimme gebeten, sobald wie möglich, am besten vormittags nach zehn, bei dir vorbeizukommen. Dein Begleiter hatte etwas Abstand genommen und sah den Musikern zu, die einen Jerk spielten. Er verstand es vorzüglich, euch beide, dich und den Onkel, in Verlegenheit zu bringen. Du hast gehüstelt.

„Liebling!“

Mit Würde wendete er seinen Kopf. Dein Onkel verabschiedete sich. Als Mann von Welt lud er ihn herablassend ein:

„Bleiben Sie doch bei uns! Bestimmt, ich freue mich, Ihre Bekanntschaft gemacht zu haben! Ihre Nichte wird sich gewiß sehr freuen. . .“

Dein Onkel entschuldigte sich mit der gleichen Heuchelei: „Das ist sehr freundlich von Ihnen! Aber nein, leider . . . Ich bin hier mit Freunden! Amüsier dich schön, Kleine! Denke daran, uns gelegentlich zu besuchen!“ Er ging zu einer Gruppe von Männern und Frauen am Ende der Bar.

„Wir wollen gehen!“ sagte er zu dir.

„Jetzt schon? Es fing gerade an, mir Spaß zu machen!“

„Stört dich dein Onkel nicht?“

„Doch, aber das ist kein Grund, um abzuhauen, als würde das Haus brennen.“

Beruhigt bot er dir noch einen Champagner an, und du hast wieder seine Hände ergriffen. Er ließ es geschehen und dachte an irgend etwas Schönes oder

Grauenvolles. Es wurde dir klar, daß er ein eifersüchtiges Raubtier war und daß du ihn nie wieder mit törichten Onkeln provozieren dürftest.

4

Er hatte heftiger geklingelt, als nötig gewesen wäre. Wütend öffnete sie die Tür einen Spalt, aber sie erkannte ihn gleich, vergaß ihren Zorn und bat ihn einzutreten. Er kam herein. Ihre Augen verfolgten die Spuren seiner staubbedeckten, groben Schuhe. Ohne sich beeindrucken zu lassen, bat sie ihn mit einem einladenden Lächeln, Platz zu nehmen. Mit der Eleganz eines Dickhäuters ließ er sich in einen Sessel fallen und verlangte:
„Mach mir bitte einen Drink, Ya!"
Er sah aus wie jemand, der seit vielen Tagen nicht geschlafen hatte; seine Haut war wie gegerbt, die Lider waren geschwollen und er hatte müde Gesichtszüge.
„Ya", sagte er plötzlich, „bist du sicher, daß er nicht jeden Augenblick zurückkommt?"
Sie war erstaunt darüber, daß ein Mann in seinem Alter und mit seiner Erfahrung so direkt seiner Angst Ausdruck verlieh und sich Gedanken machte um Nebensächlichkeiten. Sie antwortete höflich:
„Ich glaube nicht, daß er zurückkommt. Er hat mir gesagt, er hätte viel Arbeit im Ministerium. Und dann soll heute gegen zehn Uhr, wenn ich richtig verstanden habe, eine Kabinettssitzung stattfinden. Hab' keine Angst! Ich erwarte nur kurz vor halb zehn einen Anruf!"
„Wer sagt dir, daß ich Angst hätte?!"
Fassungslos blieb sie einen Augenblick mit dem Glas für ihn in der Hand stehen, bevor sie es auf ein Wandtischchen neben seinem Sessel stellte.
„Vielleicht haben Sie keine Angst, aber ich habe

Angst. Ich lebe in ständiger Angst, verstehen Sie? Ich habe Sie gebeten, nach zehn Uhr zu kommen und jetzt ist es gerade neun Uhr! Wenn Sie ihm nun begegnet wären? Ich hätte auch gerne, daß Sie mich nicht mehr ansprechen, wenn ich mit ihm zusammen bin. Er ist sehr eifersüchtig!"
„Der perfekte Ehemann mit seiner terrorisierten Frau!"
Ein roher Kerl, dachte sie. Es wurde ihr klar, daß es darauf ankam, die Nerven zu behalten. Sie überhörte freundlich die Ironie seiner Bemerkung und antwortete in ruhigem Ton:
„Er ist nicht mein Mann; jedenfalls noch nicht. Wissen Sie schon, daß er mich heiraten möchte?"
Er zeigte keine Bewegung und ließ müde und gelangweilt seinen Blick über die Möbel und Bilder schweifen, als wäre er unfähig, sich zu erregen.
„Überall redet man von euch! Man sieht euch zusammen in der Stadt. Wir ahnten nicht, daß du fähig warst, ihn so gut zu verführen, daß er jede Zurückhaltung aufgibt!"
„Ich habe doch nur euren Befehlen gehorcht!"
„Richtig! Aber niemand hat von dir verlangt, daß du ihn dermaßen verrückt machst. Ihr werdet überall gesehen. Bald wird sich irgendein Schlauberger die Frage stellen: Sie sind nicht vom gleichen Stamm, der Vater des Mädchens war ein bekannter Rebellenführer . . . Verstehst du?"
„Ja!"
Ein merkwürdiges Gefühl, in einem Schlamassel zu stecken, überkam sie. Sie war verwirrt, und ihr Blick glitt über den abgewetzten Kragen, die fadenscheinige

Jacke und die verstaubte Hose des Besuchers, ohne diesen Eindruck eigentlich zu erfassen. Sie begriff, daß er recht hatte, und sie fragte sich, ob es ihr eines Tages gelingen würde, die Linie zu überschreiten, die sie von jenen Menschen trennte, die in der Lage waren, bei jedem Schritt die Konsequenzen ihrer kleinsten Handlungen vorherzusehen. Mit Tränen in den Augen ging sie aus dem Wohnzimmer und kehrte wenige Minuten später zurück, nachdem sie ihren Hausanzug gewechselt hatte gegen ein kleines Kostüm aus hellem Serge. Sie stellte den Plattenspieler ein, legte die erste Platte auf, die sie fand, stellte den Ton auf die größte Lautstärke und setzte sich dann neben ihn. Die Stimme von Philippe Lavil dröhnte durch das Haus:

„Avec les filles, je ne sais pas, je ne sais pas
Quand il faut ou quand il faut pas
Quand il faut pas
parler du temps ou bien parler d'amour. . ."[1]

„Ein Punkt gut!" sagte er, ohne zu lächeln. „Aber glaubst du wirklich, daß es Abhörmikrophone bei dir gibt? Wer hätte sie denn angebracht?"
„Beispielsweise mein Freund, der Minister!"
Sie sah ihn jetzt schräg von der Seite an: Seine Augen waren klein geworden und seine Lider vibrierten, als würden sie von einem leichten Lufthauch bewegt. Sie

---

1) Mit den Mädchen, ich weiß nicht, ich weiß nicht,
wann es da richtig ist oder nicht richtig ist,
wann es da nicht richtig ist,
übers Wetter oder über Liebe zu reden.

wollte einen weiteren Punkt gutmachen.
„Bedenken Sie, daß es etwas zu spät ist! Wenn ein Mikrophon da ist, hat es bestimmt die Belehrung aufgezeichnet, die Sie mir gaben! Das würde genügen, mich zum Tod zu verurteilen."
Er überging völlig ihre Bemerkung.
„Könntest du mir erzählen, was du weißt?"
„In seinen Augen", dachte sie, „habe ich keinerlei Wert. Ich kann verschwinden, und nichts würde sich dadurch ändern."
Sie wollte ihn mit Verachtung strafen und sah ihn aufmerksam an: Das Gesicht, das ihr im Schummerlicht der Bar fest und kräftig vorgekommen war, schien jetzt schlaff und mitleiderregend elend zu sein. Ohne den ruhigen und bösen Blick hätte sie ihn für einen alten Gauner gehalten, der Terror macht. Sie entschloß sich, ihn zu verwirren, und begann zu berichten:
„Die Regierung wird demnächst in der Tat eine doppelte Aktion starten. In der Hauptstadt wollen sie Druck auf die Opposition ausüben. Dabei hat man zwei Ziele im Auge: Erstens will man sie zerschlagen, indem man die Gruppe in kleine Stücke aufsplittert. Zweitens wollen sie die Parlamentarier endgültig bloßstellen, die im Verdacht stehen, sie zu unterstützen! In den aufständigen Provinzen wird ein entscheidender Angriff vorbereitet, der massiv sein wird. Er soll in den nächsten Tagen erfolgen, sobald die Regierung das Vertrauen des Parlaments erhalten hat!"
Sie war jetzt zu einer perfekt eingestellten Maschine geworden, zu einem kleinen Computer, der die Möglichkeit einer politischen Zukunft kühl berechnete. Sie erwähnte ein laufendes Vorhaben der Regierung nach

dem anderen mit genauen Angaben und Zahlen bis ins kleinste Detail, so wie sie es in Erfahrung gebracht oder aus Angaben abgeleitet hatte. Sie nannte die Quellen und die Namen derjenigen Personen, die man möglichst schnell aus dem Spiel bringen mußte, und die Verbindungen, die abzubrechen waren; dann zeigte sie, wie auf einer Generalstabskarte, die Kräfteverhältnisse auf und entwickelte Schritt für Schritt den Weg der Truppen bei der Wiedereroberung, die Zahl der Bataillone, die vorgesehenen Strategien. . .
Während sie sprach, sah sie ihm tief in die Augen. Er seinerseits beobachtete sie mit gleichgültigem Ausdruck und ohne jede Gemütsbewegung und nahm dabei seinen Drink in kleinen Schlucken zu sich. Sie glaubte fest, Lob zu verdienen und beendete ihre Ausführungen mit persönlichen Überlegungen:
„Um ehrlich zu sein; ich habe den Eindruck, daß wir einem Blutbad entgegensehen!"
Er zuckte nicht zusammen, sondern ließ mit unbewegter Stimme die Bemerkung fallen:
„Du hast nur über Tatsachen zu berichten, nicht über deine seelischen Zustände. Weißt du, wieviele Tote wir schon haben?"
„Nein."
„Ich weiß es auch nicht, weil wir sie nicht mehr zählen können. Also laß es sein, uns zu belehren über politisches Handeln!"
Sie sah den Schlag nicht kommen. Sie lag auf dem Teppichboden und schluckte vor Wut. Sie war bereit, Fehler zuzugeben, aber sie sah nicht ein, warum alle diese Männer, nur weil sie einen Kampf auf Leben und Tod eingegangen waren, sich das Recht nahmen,

sie so brutal zu behandeln, sobald sie Lust dazu hatten. Beim letzten Mal war sie wochenlang mit Flecken bedeckt gewesen. Sie hatte geglaubt, das könne gerechtfertigt sein wegen der Unehre, die sie den Ihren machte. Aber diese halbe Portion erlaubte es sich, Hand an sie zu legen, indem er sich auf eine nicht vorhandene Frechheit von ihr berief. Sie stand mit Leichtigkeit wieder auf, stützte sich auf einen Sessel und sah ihn verächtlich an.

„Sie armseliger Kerl! Ich hoffe, daß Sie das beruhigt hat. Nur eins verlange ich: daß Sie sofort verschwinden und ihren Fuß nicht mehr über meine Tür bringen! Nie mehr, verstehen Sie!"

Er stand auf und ging auf sie zu. Sie wich zurück bis zu einer Kommode, nahm den Telefonhörer ab und wählte eine Nummer. Er blieb mitten im Zimmer stehen:

„Leg auf, Mädchen, du machst dich lächerlich! Du kennst mich nicht! Weißt du überhaupt, wie ich heiße? Nein! Wen willst du denn anrufen? Die Polizei? Die wird nicht kommen! Sie kommt übrigens nie! Oder deinen Minister? Bevor er da ist mit seinen Leibwächtern, könnte ich dich ohne die geringste Schwierigkeiten töten und abhauen!"

Er sah sie ruhig an, als wäre sie nur eine kleine lästige Fliege. Mit zitternden Händen legte sie den Hörer wieder auf und ließ sich auf den ersten Stuhl fallen, den sie fand. Er stellte sich vor sie hin.

„Hör mal, Mädchen! Ich werde nicht mehr zu dir zurückkommen. Das steht fest. Nicht, weil du es verlangst, sondern aus Vorsicht!" Er angelte sich eine Zigarettenkippe aus der Tasche und klebte sie sich an

die Lippen. Sie dachte daran, ihn auf das Gefäß voll Zigarettenpackungen hinzuweisen, ließ es aber dann sein. Sie spürte, wie die Spannung stieg, und wußte so gut wie er, daß die Minute der Wahrheit gekommen war. Erstarrt sah sie, wie er sich die Kippe anzündete und dann zum Fenster ging, so daß er das Licht im Rücken hatte. „Hör mal! Du taugst nicht viel. Ich hätte fast Lust, dir beim Sterben zu helfen. Mit euern schönen Worten kotzt ihr mich alle an, du und die Deinen! Willst du wissen, was ich von dieser Stammesrebellion mit den dauernden chinesischen Parolen halte? Willst du's wissen?"
Sie wünschte sich einen Kollaps oder einen Ohnmachtsanfall herbei, um ihm auf die eine oder die andere Art zu entgehen. Ein Wirbelsturm erhob sich in ihrem Kopf, der Saal begann zu schwanken, sie glaubte, ihn auf dem Kopf zu sehen, eine Sekunde später stand er wieder gerade vor ihr und hatte die Hände in den Taschen. „Eine Revolte der kleinen Hornochsen ist das, ja! Fanatisierte Stämme, die mit Pfeil und Bogen gegen Kanonen vorgehen und dabei proletarische Schlagwörter gebrauchen! Warum?"
Jedes Wort durchdrang sie wie mit einer feurigen Klinge. Sie wußte, daß alles verloren war, aber sie hielt aus. Eine übermächtige Kraft hinderte sie daran zu schreien. Sie wollte alles wissen, alles.
„Was wußte dein Vater von den Proletariern, kannst du mir das sagen? Was wollte er? Ich will es dir sagen: Er wollte seinen Teil von dem Kuchen abbekommen! Wie alle die kleinen Dummköpfe, die mit ihren Fetischen diesen idiotischen Aufstand manipulieren! Wer läßt sich töten? Sieh nach, wer stirbt! Du hast Besse-

res im Sinn, nicht wahr? Du willst die Revolution lenken! Jetzt mischen schon die Nutten mit! Es lebe die Revolution!“

Sie war von ihrem Stuhl heruntergeglitten. Vergeblich bemühte sie sich, ihre Gedanken zusammenzubringen, wieder aufzutauchen. Ein bestialischer Schmerz wühlte in ihrer Brust. Im Traum sah sie wieder den Kopf ihres Vaters, der zum Gespött der Dorfkinder herumgeführt wurde. Dann kamen Pfähle, die sie durchbohrten. Viel später meinte sie, sich stöhnen zu hören.

5

„Erzähle!"
Er sah leicht angeheitert aus, wie ich es bei ihm an jedem Abend gewöhnt war. Ich saß im Nachthemd auf meinem Bett, hatte die Beine übereinandergeschlagen und sah ihn mit verschlafenen Augen an. Er hatte sich in den Sessel fallen lassen und gerufen:
„Wie schön, daß du da bist!"
Dann war er aufgestanden, hatte seine Jacke ausgezogen und sie aufs Geratewohl über ein Möbelstück geschleudert. Ich fühlte mich wohl in meiner Haut, wie das treue Hündchen, das auf die Rückkehr seines Herrn wartet: „Hier bin ich! Du wenigstens könntest manchmal verstehen, was ich leide!"
Er brachte mir ein Glas Orangensaft.
„Trink!" sagte er. „Das wird dir sehr schlecht bekommen!"
Er brach in Lachen aus. Ich war glücklich über seine fröhliche Stimmung und begann zu trinken. Er schien gut angesehen zu sein, und das erfüllte mich mit Vertrauen und Freude. Er machte folgenden Vorschlag:
„Bevor ich es vergesse: Morgen bin ich zu einem Cocktail eingeladen! Ich führe dich in der Öffentlichkeit aus, zum ersten Mal! Und dieses Mal kommst du!"
„Bitte erzähle! Verlief euer Abendessen gut? Waren viele schöne Frauen da? Wen hast du gesehen, und was hast du gemacht?"
Er begann zu sprechen, und ich fühlte mich sofort wieder belebt. Aus seinem Mund kam die Sonne, die mich erwärmte. Ich wurde von seinen Worten mitge-

rissen und ließ es mit mir geschehen. Ich fühlte mich befreit von jeder Begrenzung. Er besaß die Kraft und die Ausdauer, um mich eng an sich zu binden. Nur das suchte ich. Zufrieden und überglücklich hörte ich zu, während er mit mir sprach.
Am Morgen hatte er mich später als gewöhnlich angerufen. Selbstgefällig, ungeniert und glücklich hatte er mir mitgeteilt, daß die Regierung ohne Schwierigkeiten das Vertrauen des Parlaments erhalten hatte. Er schrieb sich das Verdienst zu und redete über das neue Schicksal des Volkes. Das Wort ‚Volk' ließ mich aufhorchen. Ich hatte zunächst daran gedacht, ihm mein Leid zu klagen und ihm zu berichten, was mir zugestoßen war. Er bot mir keine Gelegenheit dazu. Er sprach vom Schicksal und bestätigte mich in meiner Rolle als die brave kleine Frau ohne Probleme, die an den Erfolgen ihres Mannes hing.
„Heute abend führe ich dich aus. Wir gehen zu dem Diner, das der Ministerpräsident für unseren Sieg gibt! Mehr als fünfhundert Gedecke! Du wirst die schönste von den Frauen sein, nicht wahr?!"
Er hatte mich nicht einmal gefragt, ob ich Lust dazu hätte auszugehen. Er hatte nur einen Wunschtraum aufgegriffen. Ich hatte nachzugeben, mußte ihm dankbar sein für Phantasien, die wie immer ihn zum Mittelpunkt hatten. Das Erscheinen meines ‚Onkels' hatte mich aber hart getroffen.
„Nein, bitte nicht. Ich fühle mich wirklich nicht so gut, um heute abend auszugehen. Geh du alleine und amüsiere dich gut und viel! Versprichst du es mir? Wenn du nach Hause kommst, mußt du mich wecken, um mir alles zu erzählen! Schwörst du, daß du es

tust?“ In charmanter Weise hatte er jedoch darauf bestanden und mir klargemacht, wie wichtig die Einladung sei, und er hatte die Persönlichkeiten aufgezählt, die an dem Essen teilnehmen würden. Dann hatte ihn plötzlich mein Unwohlsein beunruhigt, und er hatte mir Medikamente und Ruhe empfohlen. Ich hatte meinen Schmerz eitel heruntergespielt:

„Es ist nicht schlimm. Ich will mich ausruhen und den ganzen Tag nichts tun. Vielleicht mache ich am späten Nachmittag einen Spaziergang. Heute abend werde ich früh ins Bett gehen; aber du weckst mich, wenn du heimkommst!“

Er sorgte sich um mich und sagte, daß er gezögert hätte, mich zu wecken. Aber da er ja geschworen hatte, es zu tun! Ein wahrer Vater! Als müsse er sich für das Fest, an dem er teilgenommen hatte, entschuldigen, fragte er:

„Und du, mein schöner Liebling?“

„Ich?“

„Was hast du gemacht? Hast du dich nicht allzu sehr gelangweilt?“ Der Vormittag hat sich mir wieder aufs Herz gelegt. Ich wollte ihm sagen, daß ich . . . daß ich was? Es war lächerlich. Ich müßte ihm Gründe darlegen, wieder neue Lügen erfinden. Zu welchem Zweck? Ich war halb eingeschlafen und fühlte mich wohl in dem Nebel, der mich umgab. Er kam und setzte sich auf mein Bett. Seine Hand berührte meine Brust. Ich hatte mich ausgestreckt und wieder die von meinem Körper gewärmte Stelle gefunden. Ungezwungen und sinnlich antwortete ich ihm:

„Du siehst, ich habe nur meinen Körper gepflegt. Den Vormittag über war ich im Bett, am Nachmittag habe

ich einen langen Spaziergang gemacht!“
Die Straßen lagen verlassen da. Ngombe, das alte Wohnviertel, das früher nur für die Europäer reserviert war, war ein ruhiges Städtchen in dem lärmenden Kinshasa. Es bildete eine Art Park mit den Bäumen an seinen Straßen und Avenuen und den Gärten, die von den runden Plätzen aus zu entdecken waren. Ich hatte mich in diesen schönen Alleen wie ein kleines Mädchen gefühlt, das die Schule schwänzt. Ich achtete nur auf meine Stimmungen und auf das Gewicht meiner Seele; mehrere Stunden lang hatte ich auf einer Bank vor dem Fluß gesessen, der ungeheuer breit dahinströmte in seiner ganzen fleischfarbenen Kraft.
Er kam und legte sich ganz angezogen neben mich und schob seinen Arm unter meinen Hals. Er atmete schwer. Mit einem Finger streichelte er mich an der Schulter. Mit vorgebeugtem Kopf beobachtete ich sein schwach beleuchtetes Gesicht. Das Licht verstärkte noch seine schon von der Müdigkeit geprägten Züge.
„Du siehst aus wie ein Pirat!“
„Wie?“
„Ich sage, daß du mein Pirat bist!“
„Und du, du bist meine schöne Geliebte, die einzige. . .“
„Wirklich?“
Ich stellte mir vor, wie er in einem Handgemenge mit bloßem Oberkörper, mit wildem Blick und mit dem Degen in der Faust kämpfte und Köpfe abhieb, um sie mir dann ganz blutig darzureichen. Es widerte mich an, aufmerksam alle seine Gesichtszüge zu durchfor-

schen. Hinter seiner hohen Stirn verbarg sich mir eine Welt.
„Träumst du davon zu töten, mein Pirat?“
„Ja.“
„Hast du Lust zu töten, alle umzubringen?“
Ich bemerkte, daß ich ihn ermüdete. Seine Antwort kannte ich. Wir besaßen beide den gleichen teuflischen Drang. Er hatte eine Stellung zu verteidigen und verstand sich darauf. Ich würde ihm meine Wut entgegenschleudern, ich war sicher, daß er sie mir zurückgäbe, wenn auch abgeschwächt durch seinen Spott. Ich dachte: „Du bist ein teures Intermezzo!“
Ich hatte, so glaube ich, die Augen zwar geschlossen, aber die Lippen halb geöffnet. Ich spürte, wie er mir mit dem Mittelfinger leise darüberstrich.
Es lag eine merkwürdige Ironie darin, daß meine Gedanken mich gerade in diesem Augenblick zu einer schrecklichen Erinnerung zurückführten. Ich verbrachte gerade das letzte Schuljahr auf dem Gymnasium, als er in mein Leben eintrat.
„Ich liebe dich. Könntest du die Mutter meiner Kinder werden?“
„Sofort?“
„Ja, gleich nach dem Gymnasium!“
Braver kleiner Mann! Der Sitte entsprechend hatte er einen ersten Teil der Mitgift bezahlt. Meine Eltern hatten das angenommen; ich war also für ihn reserviert. Er war aber so einfältig und fuhr fort, mich anzuflehen. Es war ihm anzumerken, daß er glaubte, ich könne seine Pläne über den Haufen werfen. Hätte er das nicht getan, so wäre ich vielleicht jetzt, wie es meine Familie wünschte, seine Frau. „Wirst du ihn heira-

ten?" — „Nein, ehrwürdige Mutter. Ich möchte lieber studieren." — „Du hast recht, meine Tochter. Du wirst glücklich sein, wenn du studieren kannst und dann einen jungen Mann deines Alters heiratest. Möchtest du denn die Frau eines polygamen Mannes sein?"
Wenn die Schule aus war, brachte er mir Mais, und ich dankte ihm und nahm seine Geschenke mit. Er paßte mir nicht, weil er über vierzig Jahre alt war, während ich gerade neunzehn war. Er paßte mir nicht, weil er in Vielehe lebte! Der gesunde Menschenverstand entschied also!
„Wie alt bist du, mein Pirat?"
„Fünfunddreißig. Warum fragst du?"
„Ich bin fünfundzwanzig und finde dich wunderbar."
Obwohl ich mit Gewalt in sein Leben gezogen worden war, gab ich zu, daß es mir bei ihm gefiel. Unser beider Alter, unsere Köpfe und unsere Körper paßten zueinander. Ich habe seine Hand ergriffen und sie kräftig gedrückt.
„Sag mal. . ."
„Was?"
„Was ist aus deiner Frau geworden?"
„Sie ist in ihr Dorf gegangen."
„Warum?"
„Erstens, weil sie eine Zauberin ist. Sie ist schuldig am Tod meines Sohnes!"
„Und weiter?"
„Und dann, weil ich dich liebe!"
„Für wie lange?"
„Ich weiß nicht. Auf alle Fälle werde ich dich, was immer auch geschieht, als eine bevorzugte Freundin ansehen!"

Er spricht mit tiefer, müder Stimme. Bald wird er einschlafen, gerade in dem Augenblick, wo ich wach werde. Soll ich ihn am Einschlafen hindern? Mit Vergnügen spürte ich, wie sich allmählich in mir ein starker Haß auf die Meinen bildete. Würde mein Pirat mich, wenn ich ihn darum bäte, vor ihnen schützen?
„Bist du wirklich sicher, daß deine Frau zaubert?“
„Ja.“
„Wie macht sie das?“
Er antwortete mit einem Brummen und war eingeschlafen. Nachdem ich die Lichter ausgemacht hatte, versuchte ich, vernünftig nachzudenken. Mein Vater hatte mir beigebracht, daß ich nur mit meinen Geistern leben könnte. Warum sollte ich dann diesen fremden Mann zwingen, sich mit meinen Toten zu beschäftigen? Seine Frau war Zauberin, so hatte er mir versichert. Er hatte mir mehr als einen Hinweis dafür gegeben. Ich müßte also Rückhalt bei den Meinen suchen, wenn ich ihn überleben wollte. Dankbar streichelte ich ihm das Gesicht. Morgen, so sagte ich mir, als ich mich zurechtlegte, werde ich schön sein. Er wird stolz auf mich sein.

IV

1

Das Licht der Dämmerung verging, als ihr angekommen seid. Der große Mercedes fuhr bis zur Treppe vor. Der Fahrer stieg aus, um ihm die Tür zu öffnen. Du wolltest ihm noch sagen: „Verlaß mich nicht!“, aber er hatte sich schon abgewendet. Ein weißer Bediensteter öffnete dir die Tür und verbeugte sich.
„Madame!“
Er ging um den Wagen und kam zu dir; seine mächtige Brust wirkte vorteilhaft, und um seine Lippen spielte ein Lächeln.
„Hast du Angst, Liebling?“
„Ja, mein Pirat. Laß mich bitte keinen Augenblick allein! Ich hätte zu große Angst!“
Du hast ihm die Hand gereicht, gelächelt und hast daran gedacht, daß die ständigen inneren Zerreißproben mit der Zeit für dich angenehme Prüfungen würden, wenn du noch lange seine Zuneigung verdienen könntest.
Der Botschafter empfing euch mit honigsüßen Worten wie der Geschäftsführer eines Hotels. Die Frau Botschafterin nahm dich mit sich: „Kommen sie hierhin, Madame, hier ist unser Platz. Die Herren werden schon zu uns stoßen!“ Ihr habt einige Allgemeinplätze miteinander gewechselt.
Du warst ärgerlich, weil du zu erkennen glaubtest, daß vieles auf deine unangenehme Lage hindeutete.

Du warst zurückhaltend, ehrerbietig, naiv und etwas unsicher, deine Finger spielten nervös auf den goldenen Schnallen deines Kleides, und während du die Fragen etwas teilnahmslos beantwortetest, hast du ausgesehen wie eine Schülerin vor Prüferinnen, die ihr wohlgesonnen sind. Deine Jugend war eine Waffe; deine Schönheit stellte ein Symbol dar, weil sie dich durch Wind und Wetter bis hierher geführt hatte, in den Salon eines der mächtigsten Länder der Erde, wo man dich feierte. In der Erstarrung, die dich beim Gedanken an deinen Vater erfaßte, hast du zu ergründen versucht, inwiefern diese alten weißen Damen Feinde deines Volkes sein sollten.
Mit einem Lächeln auf den Lippen glaubtest du zu ertrinken. Da sahst du ihn kommen; er hielt die Hände auf dem Rücken gekreuzt, und sein hinterhältiger Blick erinnerte an den eines Dompteurs. Er nahm dich einfach wieder zu sich, nachdem er ein paar übliche Floskeln für die Damen hatte fallen lassen. So setzte er der Angst ein Ende, die dich in dem Triumph befiel, der dir schlecht anstand.
„Ich bin unzufrieden, mein Pirat. Du hattest mir versprochen, mich keinen Augenblick zu verlassen", flüstertest du ihm ins Ohr.
Paare wurden euch vorgestellt, berühmte Namen: „Der Herr Botschafter von. . . und seine Frau Gemahlin! Der Herr Konsul von. . . mit Frau Gemahlin! Der Herr Präsident von. . . und seine Frau Gemahlin!" Er antwortete mit einem Wort oder einem Satz, erkundigte sich nach Neuigkeiten und nach der Gesundheit, während du mit einem dünnen Lächeln auf den Lippen zögernd sprachst und nicht

wußtest, was du sagen solltest. Du machtest die Entdeckung einer glänzenden Welt, die von der deinen sehr verschieden war, einer Welt, von der du dir bis dahin nur aus Zeitungen und vom Radio eine Vorstellung gemacht hattest. Vor dem Apostolischen Nuntius wärst du fast in die Knie gesunken. Die Art, wie er ihn anredete, hatte dich fast schockiert: Er behandelte den Vertreter des Vatikans wie einen Reisegefährten und fragte ihn nach dem Zustand seines Geschwurs. Er kam und ging und führte sich auf, als wäre er der Herr des Empfangs. Kaum warst du stehengeblieben, da führte er dich weg zu anderen Personen. Gläser mit Whisky gerieten euch wie durch ein Wunder in die Hände und verschwanden wieder, wenn sie leer waren. Du hast nichts gesagt, und deine Verlegenheit besaß den Reiz bescheidener Eitelkeit.
Um euch bildete sich ein Kreis. Ihr standet vor großen Mengen von Oleanderbüschen. Eine leise Musik erklang. Du sahst, wie er spielte, wie er mit Hilfe seines Lächelns oder durch Schweigen Fragen wachrief. Du hast erkannt, daß man dir einen Fürsten zum Schutz anvertraut hatte. Du hast gesehen, wie er in der Unterhaltung mit irgend jemandem verschwand. Wenige Minuten später zog er dich sanft am Arm. Du hast dich leicht umgedreht.
„Madame?"
Du mußtest lachen, weil du die Stimme deines Herrn erkannt hattest. Er sagte, daß er sich langweile. Du warst erstaunt, daß er sich nicht von dem äußeren Anschein lösen und in dieser köstlichen Atmosphäre erholen konnte. Ein französisches Paar versuchte, ihn zu unterhalten. Du konntest deutlich hören, wie er

dich zwischen zwei an den Mann gerichteten Sätzen vorstellte:
„Meine Frau!"
Es kamen die Komplimente. Du begnügtest dich damit, mit einer Bewegung der Lider herzlich zu danken. Man sprach von Reiseplänen, und du hörtest, wie er fragte und Ratschläge gab:
„Sie fahren also in der nächsten Woche in die Ferien? In den Nahen Osten, das ist wunderbar! — Ah, so, in den Libanon? Wollen Sie im August am Festival von Baalbek teilnehmen? Wissen Sie, das ist herrlich! — Ja, ich war auch schon dort. Und dann kann man die Ausgrabungen von Tyros und von dem Meerschloß besichtigen! — Nicht in Byblos, sondern im Hafen von Sidon!"
Um seiner Unterhaltung zu folgen, hast du versucht, dir im Kopf eine Landkarte vorzustellen. Es ging zu schnell, und du hast es aufgegeben.
Durch den Alkoholgenuß waren die Stimmen etwas lauter geworden. Du hast eine ehemalige Mitschülerin erkannt. Sie war die Frau eines Abgeordneten. Du wolltest mit ihr sprechen, wußtest aber nicht, wie du hingelangen konntest. Du hättest dir mühselig einen Weg durch die Menge bahnen müssen, um sie bei dem Tisch, wo die Siphons und die Flaschen standen, zu erreichen. Instinktiv wurde dir klar, daß sie wegen des Ranges, den dein Mann innehatte, zu dir kommen müßte. Sie war sicher eifersüchtig. Du mußtest lächeln. Er sprach über Politik.
„. . .die Blockfreiheit", erklärte er einem dicken, kahlköpfigen Europäer, der bei jedem Wort seine Zustimmung durch ein Kopfnicken bekräftigte, „ist ein

Grundsatz. In bezug auf die westlichen Konformismen stellt sie eine Art Nicht-Konformismus dar. Wir haben nichts gegen den Osten; wir wissen auch, daß der Westen uns ebenso, wenn nicht gar mehr braucht als wir ihn. Daher dosieren wir unsere Freundschaften sorgfältig!“
Kellner mit ihren Tabletts kamen und gingen. Du picktest dir aus jeder Ladung etwas heraus, vom Whisky bis zum Champagner. Der Alkohol begann dich zu ermutigen, als du bemerktest, wie der Herr Erzbischof auf euch zukam. Er reichte dir eine kalte Hand zu Begrüßung, du antwortetest mit einem leichten Neigen des Kopfes und einem strahlenden Lächeln. Du warst ganz verwundert, daß du keine Angst hattest. Die ehrwürdigen Schwestern hatten dich doch sorgfältig in die komplizierte Hierarchie der Kirche eingeweiht; als junge Schülerin stelltest du einen Erzbischof nur einige Stufen unterhalb Gott. Jetzt sahst du ihn nur wenige Schritte vor dir, einen kleinen, schlanken Mann mit einem ausgemergelten Gesicht. Du hättest gerne gewußt, ob auch er getrunken hatte und sich euphorisch fühlte und was er von diesem Riesencocktail hielt. Er sprach mit tiefer, salbungsvoller Stimme, die nicht zu seiner schmächtigen Gestalt paßte, um die die Soutane schlotterte.
„Ihre neue Gemahlin?“
„Ja, Monsignore.“
„So, so“, sagte der Erzbischof mit einer fernen Stimme, „Sie lieben die Abwechslung!“
„Meine erste Frau war eine Zauberin. Verstehen Sie, was ich meine?“
Während er sprach, sah er dem Prälaten in die Augen

und verzog das Gesicht zu einem Lächeln. Dann übernahm er die Führung in der Unterhaltung.
„Wie steht es um ihre Missionsposten in den besetzten Gebieten, Monsignore?"
„Wir haben wenig Nachrichten", erwiderte der Prälat, „aber welche Maßnahmen gedenkt die Regierung zu ergreifen?"
„Die direkte Intervention, Monsignore. Das ist die einzige Lösung. Es wird Blut fließen, und es wird Tote geben. Das ist bedauerlich, aber was sollen wir tun? Wir müssen die Einheit des nationalen Territoriums um jeden Preis retten; wir müssen sie verteidigen gegen diese . . . Sie wissen, daß es Kommunisten sind?"
„Man sagt so, aber was bedeutet das nach Ihrer Meinung?"
Du tatest so, als würde dich bei aller Ehrerbietung das Gespräch langweilen, und du folgtest mit einem nur dem Anschein nach unaufmerksamen Ohr der Unterhaltung, von der du gewünscht hättest, daß sie ohne Bedeutung wäre. Du hast dich auf bestimmte Wörter, auf einige Sätze, auf Tatsachen und auf geplante Vorhaben konzentriert und dir die Frage gestellt, ob er die Wahrheit sagte oder dem Erzbischof eine verschlüsselte Botschaft mitteilte. Unerwartet ging er zum Angriff über:
„Monsignore, es sieht so aus, als hätten sich viele Mitglieder der Kirche mit diesen Kommunisten eingelassen!"
Der Erzbischof besaß eine erstaunliche Fähigkeit, die Fallstricke zu entdecken. Er gab ruhig zur Antwort:
„Wie sie sagen, Herr Minister: Es sieht so aus. Ich fürchte nur, daß sie in einer besonders schwierigen Lage sind!"

Seine Worte überzeugten dich, und du hast in das Gespräch eingegriffen mit der Bemerkung:
„Monsignore hat recht, Liebling. Mein Onkel hat mir neulich erzählt. . ."
Er hat dich freundlich angesehen. Der Erzbischof betrachtete dich ohne Interesse, aber auch ohne Erstaunen und suchte in deinen Augen zu lesen. Du hast verlegen gelächelt und die Eisstückchen in deinem Glas klingen lassen, um nicht die Fassung zu verlieren. Du hast dein Glas einem vorbeigehenden Kellner gegeben. Monsignore ging wieder, sagte dir auf Wiedersehen, nannte dich „meine Tochter" und wollte unbedingt deinen Namen wissen.
Dein Mann nahm dich wieder in Empfang. „Wollen wir gehen? Es ist fast acht Uhr!" Du warst einverstanden und hast aufgeregt gesagt: „Ja, gehen wir! Es war wunderbar!" Hände waren zu schütteln, freundliches Lächeln wollte erwidert werden. Dieser erste Abend mit ihm in der großen Welt wurde für dich wie ein Roman. Du warst hingerissen von den Aufmerksamkeiten, die dir zuteil wurden, und warst verstört bei dem Gedanken an ein Geheimnis, durch das auf die Dauer nicht nur der Mann an deiner Seite vernichtet werden mußte, sondern auch viele von den freundlichen Leuten, die du so nett gefunden hattest.
In dem Wagen, der euch zurückbrachte, nahm er dich bei den Schultern.
„Liebling, ich bin stolz auf dich."
„Ich bin auch zufrieden mit dir, mein Pirat. Du bist so. . . so verführerisch. Weißt du. . ."
„Was?"
„Ich liebe dich, mein Pirat."

Er sah dich gerührt an:
„Wirklich?“
„Ich würde gerne für immer dir gehören, verstehst du, für immer?!“
Er legte seine Hand auf deinen Arm; nur eine Berührung. Mit einem Finger strich er deinem Arm hoch bis zum Ellenbogen und dann wieder hinunter. Du wolltest erkennen, was sein Blick ausdrückte. Du fühltest dich frei, wunderbar frei. Aber er?
„Ja, ich verstehe“, sagte er.
Du warst unruhig, deine Augen brannten, und dein Körper verkrampfte sich plötzlich. „Ich verrate ihn doch ständig!“
Der Wagen summte leis; der eindringende Wind war frisch. Der Alkohol kam hinzu. Du hattest das Gefühl, körperlos zu sein.
„Nein, du verstehst nicht, mein Pirat!“
Angst und Unruhe ergriffen dich. Du mußtest endlich wissen, was du tun, welche Rolle du spielen solltest. Aufmerksam streichelte er dir den Arm. Du kamst dir vor wie in einem wahren Belagerungszustand.
„Warum sollte ich nicht verstehen können?“
Ihn zu verkaufen oder ihn zu retten war die Frage. Sanft lag der Druck seiner Hand auf dir. Weil dieser Cocktailempfang dich glücklich gemacht hatte, kam es dir vor, als seiest du durch ein geheimnisvolles Tor gegangen. Seit wann? Deine Lippen zitterten. Plötzlich hast du ihn gebraucht und ihm die Hand gedrückt.
„Vielleicht deshalb, weil du mich nicht kennst, Pirat.“
„Na, na! Das Leben ist doch einfach. Ich liebe dich,

du liebst mich, wir lieben uns. Ist das nicht die Hauptsache?"
Er lachte und zog sich in sich zurück. Er war nachdenklich und zufrieden, weil er meinte, ein falsches Hindernis endgültig überwunden zu haben. Aber wie hättest du das annehmen können? War der Gedanke für ihn so schwierig, daß es nicht möglich ist, eine Begegnung auf diese Art Konjugation zurückzuführen?

2

Sie saßen nur zu dritt um einen kleinen runden Tisch, auf dem eine grüne Decke lag. Es war eine Kabinettsrunde im kleinsten Kreis. Der Ministerpräsident war schlechter Stimmung, als er die verschiedenen Probleme aufzählte, die sich durch den Aufstand ergeben hatten. Er hob den unbegreiflich schnellen Vormarsch der aufständischen Truppen hervor, stand auf, um mit einem Stab in der Hand die Bewegungen auf einer hinter ihm hängenden Generalstabskarte zu erläutern, und setzte sich danach wieder und murmelte etwas zwischen den Zähnen. Dann brach es plötzlich aus ihm hervor; mit zitternden Händen holte er aus seiner Aktentasche eine Zeitung, die er auf den Tisch schleuderte.

„Jetzt mischen sich die Kolonialisten ein! Sie erteilen uns keine Ratschläge mehr! Nein, wir haben sie schlecht befolgt. Sie preisen jetzt die Heldentaten dieser Mörderbanden! Sehen Sie sich das an!"

Er fühlte sich ruhig und war erstaunt darüber, daß der Ministerpräsident so sehr die Kontrolle über sich verlieren konnte. Er erinnerte sich an eine Lehre seines Meisters:

„Ruhe in jeder Lage ist das Zeichen eines Königs!"

Da keiner sprach, ergriff er die Zeitung und las den beanstandeten Artikel vor.

> „Paris, 29. Juli. Die Nationale Armee des Kongo existiert nicht mehr. Diesen Schluß muß man aus den letzten militärischen Operationen nach der Eröffnung einer dritten Front in Bolobo ziehen.

Am Dienstag ist den Exilkongolesen von Brazzaville ihre „Operation Schweinebucht“ geglückt. Sie kamen aus dem ehemals französischen Kongo, überquerten den Fluß und landeten in Bolobo, das für die Nationale Armee des Kongo den höchsten Wert besitzt. Bolobo ist ein kleine Ortschaft, die die Belgier früher zu einer vorbildlichen Garnison für ihre Streitkräfte ausgebaut hatten; Bolobo ist aber auch das Tor zu der früheren Äquatorprovinz, die als einzige im ehemals belgischen Kongo noch nicht von dem Aufstand berührt worden war.
Katanga, Diwu und die Ostprovinz sind zum Teil von Rebellenbanden besetzt, die ihre vorläufige Hauptstadt in Kalemie eingerichtet haben, während andere Aufständische in den Provinzen Kinshasa und Kasai vorgehen. In wenigen Stunden dürften sich die Rebellentruppen wohl in der Provinz Kasai vereinigen. Und schließlich gibt es jetzt noch diese dritte Front in der Äquatorprovinz, die der Brückenkopf in jener Gegend ist, wo Graham Greenes ‚A Burntout Case‘ spielt.“

Da keiner sprach, beschloß er, das Schweigen zu brechen. „Herr Ministerpräsident, wir wissen das alles. Deshalb sind wir ja hier. Wir müssen dem Herrn Präsidenten der Republik in kürzester Frist Pläne für ein Vorgehen unterbreiten. Was schlagen Sie vor?“
Der Ministerpräsident blieb stumm. Er nahm sein Schweigen für verletzte Eitelkeit. Hatte er ihn so tief verletzt? Ohne es zu wollen, mußte er erkennen, daß es ein Fehler gewesen war, sich in den Vordergrund zu

spielen. Er wollte wieder zurück auf seinen eigentlichen Rang und abwarten. Seine Neigung zur Ehrlichkeit hatte ihn verraten. Peinlich berührt neigte er etwas den Kopf, als ob er einen Fehler zugäbe. Er hatte sich auf einem unbekannten Pfad zu weit vorgewagt. Er wollte den Fehler wieder gutmachen und gebrauchte die leere, aber schmeichlerische Floskel: „Sie wissen, Herr Ministerpräsident, daß unsere Chance auf Ihnen beruht!"

Unruhig hörte er sich eine zusammenhanglose Rede über die Spione an. Sein Kollege besaß ein abwesendes, unbeteiligtes Gesicht. „So etwas", dachte er bei sich, „könnte man eine Persönlichkeit nennen; ihm war es geglückt, durch seine große Fähigkeit, abwesend zu sein, Freundschaften und Sympathien zu gewinnen. Er scheint weder einen Willen, noch eine Stimme, noch eine Meinung zu besitzen." Der Ministerpräsident tobte los. Er zeigte, daß der Aufstand im wesentlichen die Sache einiger ehrgeiziger Deputierter war. Um auf der Leiter der Macht schnell hochzukommen, war es ihnen passend erschienen, ihre Stämme zum Aufstand gegen die Regierung zu veranlassen, um dann den Preis für den Frieden aushandeln zu können. Er schrie:

„Eine solche Erpressung können wir nicht hinnehmen! Und mit wem sollten wir denn verhandeln? Es ist uns bekannt, daß fremde Regierungen offiziell die Rebellen unterstützen. Ich kann nicht erkennen, wie jene Hinterbänkler diese Regierungen zum Eingreifen veranlassen und wie sie einen aufgewiegelten Pöbel beruhigen können!"

Er versuchte zu träumen. Nach seiner Ansicht mußte

auf dieses rasende Vorspiel eine pragmatische Fortsetzung folgen. Die allgemeine Lage des Landes schien ihm zu schwierig zu sein, um durch antikolonialistisches Geschrei in Ordnung gebracht zu werden. Alarmiert hörte er, wie der Redner ein anderes Register aufzog:

„Wir sind absolut sicher, daß Entscheidungen, die hier, jawohl, hier in unserem engsten Kreis getroffen wurden, regelmäßig, bevor sie überhaupt durchgeführt werden, den Rebellen bekannt sind. Das erklärt ihre sogenannten militärischen Erfolge!"

Es waren vier oder fünf, die informiert waren. Diese Erklärung kam ihm zu einfach, zu leicht vor. Suchten sie einen Sündenbock? Eine schöne Aussicht, sagte er sich. Er straffte sich, streckte seine Beine aus; er war überzeugt, daß das ein sinnloses Spiel war, und er fragte sich, wie man die Ereignisse beeinflussen konnte, um das Land vor der drohenden Lächerlichkeit zu schützen. „Wir können vernünftigerweise nicht den Präsidenten der Republik verdächtigen, dem wir alle unsere Vorschläge mitteilen, und auch nicht die Verantwortlichen unserer Nationalarmee!" Mit angespannten Nerven erwartete er die Erschütterungen, die sich ankündigten. „Irgendwo", so dachte er, „lauert eine Falle, eine offene Fallgrube. Aber durch wen und warum?" Der Ministerpräsident rechtfertigte sich und schwor, daß er für seinen Teil, wie jedermann wußte, keinerlei Kontakt mit den Rebellen hatte. „Im übrigen kennen der Staatschef und ich selbst Ihre große Redlichkeit, Ihre Entschlußkraft, Ihre staatsbürgerliche Gesinnung! Die Vorstellung erscheint uns völlig undenkbar, daß Sie. . ."

Kurz, alle waren unschuldig, und es herrschte wieder Vertrauen. Dennoch war er überzeugt davon, persönlich angegriffen zu sein. Die Rede betraf ganz offenbar ihn. „Ein Komplott!“ sagte er sich. „Man möchte mich opfern.“ Er bemühte sich, gleichgültig zu bleiben und den Ursprung und die eventuellen Ursachen dieses Angriffs zu ergründen. Seine Blicke wanderten von der Fenstertür ihm gegenüber zu einem riesigen Gemälde, das eine Eule darstellte, deren Glieder verrenkt waren. Er war sich dessen sicher, daß zu dieser Stunde jetzt der Sicherheitsdienst diskret sein Leben unter die Lupe nahm. Eine Mahnung tauchte auf, eine Warnung, die er nicht rechtzeitig wahrgenommen hatte. Das war vor einer Woche gewesen. Er hatte wieder den Meister aufgesucht.

„Ich habe alle meine Pflichten gegenüber den Ahnen und der Gesellschaft erfüllt, selbst mehr als meine Pflichten. Sagen Sie mir, warum ich den Eindruck habe, daß alles zerbricht, je weiter ich vorangehe!“

„Sie sind allzu unbesonnen, mein Sohn. Es fehlt Ihnen an Vertrauen. Jedes Geschehen, so verheerend es auch sein mag, könnte zum Glück führen. Der Weg des Erfolgs ist nicht immer gerade. Sie haben mächtige Feinde. Versetzen Sie sie nie in Erstaunen, achten Sie vielmehr darauf, immer ihre Absichten zu erkennen!“

„Wie könnte ich das tun? Wie kann ich in Frieden leben, wenn ich nicht weiß, welches Vorzeichen auf meine Not und auf den Zufall verweist, der mir Ruhm bringen könnte?“

„Die Unsrigen haben immer gesagt, daß nur ein reines Herz überlebt.“

„Mit anderen Worten?“
„Sie sind Ihren Verpflichtungen nachgekommen, mein Sohn. Machen Sie das weiter so, und leben Sie im Geist unserer Gesellschaft! Vergessen Sie nie, daß Sie Ihr eigener Verteidiger sind! Sie sollen wissen, daß die Unsrigen Sie weiter beschützen, solange Sie keine Schuld auf sich laden!“
„Wie kann man frei von Sünde sein, Meister, wenn man im öffentlichen Leben steht?“
„Ich habe es Ihnen gesagt: Wenn Sie Ihre Seele nicht beflecken, wird Ihnen alles erlaubt sein.“
Er richtete seinen Blick kalt auf das Gesicht des Ministerpräsidenten und entdeckte dort Erstaunen und Neugier. Es wurde ihm klar, daß er handeln mußte, und zwar entschlossen handeln. Er fuhr zusammen und griff an:
„Das Problem ist komplex. Ich meine, daß es uns nichts nützt, wenn wir unsere ganze Zeit und Energie allein darauf verwenden, den mutmaßlichen Schuldigen für den Geheimnisverrat zu suchen. Das ist Aufgabe des Sicherheitsdienstes. Die Rebellen stehen fast vor den Toren von. . .“
Ein Anflug von Heiterkeit glitt über die Züge des Ministerpräsidenten.
„Ich bin in einem Stall von Verrückten“, dachte er bei sich, „wenn ich jetzt die Lage nicht umkehre, werde ich es erleben, daß ich zermalmt und in Stücke zerrissen werde. Da kann ich ebenso gut auch einmal provisorisch die Regeln von Macht und Rang beiseite schieben und sie überzeugen und hinter mich scharen.“
„Wir können Sofortmaßnahmen vorschlagen, die sich um ein Hauptprinzip gruppieren, das darin besteht,

Panik zu säen, um sie zu kontrollieren. Konkret gesagt, könnten wir erstens die Verhaftung aller Politiker und Handelstreibenden beschließen, die in engerem oder weiterem Sinn in direktem oder indirektem Kontakt mit den Rebellen gestanden haben! Ich betone: aller! Zweitens könnten wir Haftbefehle ausstellen gegen die Verantwortlichen der Stammesvereinigungen, deren Gebiete zur Zeit zu den Rebellen übergegangen sind, und bei der gleichen Gelegenheit könnten wir auch gleich sämtliche Stammesvereinigungen verbieten, die alle Brutstätten des Partikularismus sind!"

Vor seinen Augen zogen Bilder ohne erkennbaren Zusammenhang vorüber. Er hatte nicht die Zeit, sie miteinander zu verbinden, denn sie widersprachen einander und verschwanden. Er dachte an sie und ihre plötzliche Verwandlung. Sie war ehrlich. Aber kann man denn nicht mit einer Ehrlichkeit nach der anderen leben? Warum hätte er unter einem so geringen Vorwand Liebe verweigern sollen? Sicher, er wußte, daß . . . Aber wer macht das nicht? Er gehörte zur Herrenrasse und war erhaben über jeden Zweifel. Also mußte seine schöne Freundin es auch sein.

„. . . und lassen wir einmal allen Formalismus beiseite; darauf können wir später zurückkommen! Drittens müßten wir, sofort heute, in den unruhigen Provinzen den Ausnahmezustand erklären und Militärbefehlshabern mit Sondervollmacht die Leitung der Operationen übertragen!"

War sie gefährdet? „Nein, das ist unmöglich, solange ich spreche. Ich muß sie decken. Sicher, sie hat ein törichtes Spiel gespielt, das aber insgesamt keine Folgen hatte! Und schließlich war das doch lächerlich: man mußte schon verrückt sein, um zu glauben, daß sie für die Niederlage der Armeen verantwortlich sein könnte. Die Verbindungssysteme der Stämme mußten abgebaut werden!"

„. . . viertens muß unser staatlicher Rundfunk ab sofort die Siege unserer Truppen melden, er muß die Feinde der Nation beschuldigen und sie mit Haß und Verachtung bedecken. Wollen Sie Namen wissen? Die ausländischen Mächte, die Sie, Herr Ministerpräsident, eben beschuldigt haben, ferner einige der Politiker, die wir verhaften werden!"

Er umgab sich mit Gewalt. Ruhig und mit tieferer Stimme als zu Beginn sprechend, machte er den Eindruck, als sage er eine Lektion her. Er sah seinen Kollegen gegenüber an, der ohne Mühe zu einer Haltung nahezu eleganter Bewegungslosigkeit erstarrt war. Der Ministerpräsident nickte dagegen regelmäßig zustimmend mit dem Kopf.

„. . . als letztes schlage ich vor, daß die von den Spezialisten des Generalstabs festgelegten Pläne für den Gegenangriff dem Staatschef direkt zur Billigung vorgelegt werden, ohne durch unsere Instanz zu laufen. Wenn Sie mir die Genehmigung erteilen. . ." Er hielt einen Augenblick an. Unbestimmte Geräusche und der durchdringende Schrei einer Frau drangen herauf. Seine Stimme wurde hart.

„. . . melde ich mich freiwillig. In der Begleitung einiger hochrangiger Offiziere werde ich persönlich die neuen Anweisungen an die Front bringen. Offiziell könnte man die Meldung verbreiten, daß ich in den wiedereroberten Gebieten eine Inspektionsreise unternehme."

Er glaubte, gezeigt zu haben, daß er treffsicher urteilte. Hatte er die Anschläge vereitelt? Der Blick des Ministerpräsidenten aus seinen hervorquellenden Augen hatte sich verschleiert. Aber er lächelte, als er das Wort ergriff:
„Nehmen wir noch einmal, wenn es Ihnen recht ist, Punkt für Punkt Ihrer Vorschläge durch, die nach meiner Ansicht sehr interessant sind!"

3

„Hören Sie, Mademoiselle, ich bin geduldig, sogar sehr geduldig! Sie werden mir schließlich doch die Wahrheit sagen; folglich können Sie es auch gleich tun, in Ihrem eigenen Interesse! Haben Sie nicht Lust zu essen, in einem Bett zu schlafen? Ja? Also reden Sie!“

Ich war einfach müde. Sicher, ich hatte Lust zu essen und zu schlafen, aber noch mehr hatte ich das Verlangen, mich zu waschen. Mein Kostüm aus Schantung-Naturseide klebte mir am Körper. An den Zustand meines Schlüpfers wagte ich nicht einmal mehr zu denken. Ich hatte vergeblich auf ein Wunder gewartet. Da ich nicht in der Lage war zu erkennen, woher der Wind wehte, blieb ich seit achtundvierzig Stunden fest bei meinen anfänglichen Behauptungen und stieß immer wieder auf die gleichen Fragen mit dem gleichen Gefühl der Ohnmacht.

In seinem braunen Anzug mit einem weißen Qualitätshemd und seidener Krawatte zeigte der Inspektor seit zwei Tagen so verschiedene Gesichter, daß ich nicht wußte, welchem ich vertrauen sollte. Er war beleibter als mein Pirat und auch größer. Er saß mit friedlichem Ausdruck hinter seinem Schreibtisch und säuberte mit großer Sorgfalt seine Fingernägel. Um ihn lag eine Aura von Gutmütigkeit. Ich fing gerade an, mich zu entspannen, als er plötzlich seine Nagelfeile in die andere Ecke des Raumes schleuderte und heftig auf den Tisch schlug. Er stand auf.

„Bedauerlich für Sie, wenn Sie nicht mitmachen wollen. In einer Stunde muß die Sache erledigt sein! Also, verstanden?!" Nein, eben, ich verstand nichts. Ich sah ihn unglücklich an, und zahllose Vermutungen gingen mir durch den Kopf. Zum hundertsten Mal versuchte ich, mich dadurch abzulenken, daß ich das beobachtete, was mich umgab: die Ordner, die die ganze Länge des Schreibtischs einnahmen, die nackte elektrische Birne, die über seinem Kopf hing, und links von ihm das Fensterchen, das zwei Meter über dem Boden einen kleinen viereckigen Ausschnitt der hellen Nacht erkennen ließ. — „Warum verhört er mich diesmal in der Nacht?" — Ich hatte ihm noch hundert andere Fragen zu stellen!

Er brüllte los:

„Also wollen Sie immer noch nichts sagen?"

Ich hatte eigentlich vor, ihm die Frage zu stellen, ob die Staatsräson und welche Art von Staatsräson die Behandlung, die mit zuteil wurde, rechtfertigen konnte. Sie waren vor zwei Tagen gekommen und hatten mich aus dem Bett heraus verhaftet, und seitdem schleppte man mich mit leerem Magen von einem Verhör zum anderen. Ich hatte ihnen alles gesagt; was hätte ich noch hinzufügen können? Ich fiel um vor Müdigkeit. Am Abend hatte man mir gerade vier bis fünf Stunden Ruhe gegönnt, die ich hin- und hergestoßen in einem Loch voller Leute verbrachte.

„Also kommen wir zu einem Ende, Sie Dickkopf!"

Er begann von neuem mit dem Verhör, und in jeder seiner Fragen steckte eine Falle. Ich wußte nicht, was mir vorgeworfen wurde, und war deshalb starr vor Angst. Er bemühte sich jetzt, mich zu beruhigen.

„Sind Sie Mitglied dieser verdammten Befreiungsbewegung?"

„Nein, Monsieur."
Es bleibt beim Nein, sagte ich mir. Warum kämen sie immer wieder auf diesen Punkt zurück, wenn sie ihrer Sache sicher wären?
„Sie behaupten also, nicht zu dieser Bewegung zu gehören?"
„Ja, Monsieur."
„Aber Ihr Vater gehörte dazu?"
„Ja, Monsieur."
„Woher wissen Sie das?"
„Es stand in den Zeitungen, Monsieur."
Hörte er mir überhaupt zu? Er schien jedenfalls sehr mit der Zigarre beschäftigt zu sein, mit der er spielte. Seine Stimme klang zerstreut, als er fragte:
„In welchen Zeitungen und wann?"
„Ich weiß es nicht mehr. Ich habe es gelesen; außerdem haben alle darüber gesprochen. Im Radio wurde sogar behauptet, mein Vater wäre ein Anführer der Rebellen gewesen! Die Daten kann ich Ihnen nicht sagen!"
Und das stimmte. Ich erinnerte mich nicht mehr an die Zeit, in der die Presse den Tod meines Vaters gemeldet hatte. Ich war sicher, darüber gelesen zu haben, aber alle Inspektoren glaubten mir nicht, vor allem nicht der mir gegenüber. Mit seinen kleinen Augen fixierte er mich aufmerksam. Ich dachte an meinen berühmten Onkel. Meine Nerven waren angespannt, und ich machte mich gefaßt darauf, angeschrieen zu werden, aber er sagte mir mit ganz sanfter Stimme:
„Sie lügen, Mademoiselle, keine Zeitung hat jemals behauptet, daß Ihr Vater ein Anführer der Rebellen war!"

Ich zitterte vor Wut. Es war jedesmal das gleiche: Sie behaupteten etwas ohne Beweise; aber durch einen merkwürdigen Zufall wurde dadurch die Sicherheit meiner Behauptungen zerstört. Ich war zeitweilig nahe daran, ihn zu bitten, er möchte mir zum Vorwurf machen ... Ich sah zu ihm auf. Er schien weit weg zu sein, ganz seiner Zigarre hingegeben. Am ersten Tag hatte ich von einem Rechtsanwalt geredet. Er hatte mir nicht einmal geantwortet. Voller Wut hatte ich getobt und zunächst verlangt, später darum gebeten, mit meinem Freund, dem Minister, telefonieren zu können. Das hatte ihn keinen Moment aus seiner Ruhe und verächtlichen Zurückhaltung gebracht.

„Warum wollen Sie ihn anrufen?"

„Er ist mein Freund! Geben Sie ihm eine Nachricht, und Sie werden sehen! Sie werden sich bei mir entschuldigen müssen!"

„Ist er wirklich Ihr Freund?"

„Ich sage es Ihnen doch! Wir wollen bald heiraten."

Er hatte so höhnisch und ungeniert gelacht, daß ich ganz baff war. Was war denn vorgegangen?

„Erzählen Sie mir: Welcher Art waren Ihre Beziehungen zu dem Minister?"

„Ich habe es Ihnen doch schon gesagt!"

Beim ersten Mal hatte mich die Vergangenheitsform in Erstaunen versetzt. Selbst in meiner tiefen Verwirrung sah ich meine Lage in Beziehung auf ihn. Nur durch seine Abwesenheit, so sagte ich mir, sind meine Schwierigkeiten zu erklären. Wenn er zurück ist, wird er mich reinwaschen und wieder zu sich nehmen. Ich konnte nicht glauben, daß dieser Inspektor sich das Recht nahm, von meiner Liebe in der Vergangenheit zu reden. Am Abend bevor ich verhaftet wurde, hatte er mir mitgeteilt, daß er am nächsten Morgen sehr früh zu einer Inspektionsreise ins Innere des Landes fliege. Er hatte mir versprochen, in weniger als zehn Tagen zurückzukommen!

„Das ist keine Antwort, Mademoiselle!"

„Ich habe Ihnen gesagt, daß ich seine Freundin war."

„Sie wollen sagen, daß Sie eine seiner Mätressen waren?"

Er war aufgestanden und ging um mich herum. Voller Angst versuchte ich, nicht nachzugeben und mir nicht zu widersprechen. Wenn ich wenigstens wüßte, wie groß die Patsche war, in der ich steckte, und was aus meinem Piraten geworden war! Der Inspektor stand gerade vor mir.

„Erklären Sie mir: Warum waren Sie und gerade Sie seine Freundin?"

„Aber Monsieur..."

Ich zuckte mit den Schultern. Eine Ohrfeige knallte auf meine Backe und schnitt einen Fluch ab, den ich auf den Lippen hatte. Wie hatte er das erraten können? Mit zusammengebissenen Zähnen steckte ich den Schlag ein. „Seien Sie vernünftig! Sie sehen doch, daß Sie mir auf die Nerven fallen! Wenn Sie nett wären, bräuchte ich keine Gewalt anzuwenden!"

Ich war durch den ehrlichen Ton in seiner Stimme aus der Fassung gebracht worden und wollte gerade seine Entschuldigung annehmen, als er mir eine zweite Ohrfeige versetzte, die noch kräftiger war als die erste. Ich brach in Tränen aus. Er hatte sich auf der Ecke des Schreibtischs niedergelassen und betrachtete mich spöttisch. Er war entschlossen, mich fertigzumachen.

„So etwas passiert mit kleinen Mädchen, die sich in Dinge mischen, die sie nichts angehen! Fangen wir noch einmal an und zwar schnell! Wie erklären Sie sich Ihre Verbindung mit dem Minister?"

„Ich gefiel ihm!"

„Wann sind Sie sich begegnet?"

„Vor mehr als einem Jahr in einer Bar."

„Seit wie langer Zeit haben Sie mit ihm zusammengelebt?"

„Seit ein paar Wochen!"

„Seien Sie genauer! Oder ...!"

„Seit etwa einem Monat, glaube ich."

Er hatte die Ecke des Schreibtischs verlassen, ging hin und her, rauchte seine Zigarre, und seine Augen waren überall, nur nicht bei mir. Vergeblich versuchte ich nachzudenken. Seine Fragen verletzten mich und zerstörten allmählich eine Vergangenheit, die mich schon nicht mehr blendete. Ich war überzeugt, an einem Wendepunkt zu stehen, wollte aber abwarten und nur dann kapitulieren, wenn der Inspektor seine Taktik enthüllt und ich mich wirklich verurteilt gefühlt hätte.

„Hat er mit Ihnen über Staatsangelegenheiten gesprochen?"

„Über Staatsangelegenheiten?"

„Hat er nie mit Ihnen über die Rebellion und über die Maßnahmen der Regierung gesprochen?"

„Doch! Er sprach manchmal davon, aber ganz im allgemeinen!"

„Was heißt das: ‚ganz im allgemeinen'?"

„Er sprach von Dingen, die jeder wußte, die ich auch in den Zeitungen gelesen habe."

Aufgrund der präzisen Fragen glaubte ich, endlich zu begreifen: „Sie haben ihn im Verdacht, für die Rebellen zu sein. Vielleicht hat man ihn schon verhaftet. Dann bin ich also jetzt seine Komplizin!“ Eine Sache hätte ich nie für möglich gehalten: daß er schuldig sein sollte! Das war unmöglich. Das war nur ein Vorwand, um ihn zu vernichten. Ich mußte lächeln: „Mein Gott, wie hätte einer mir eine so absurde Geschichte erzählen können?“

„Was kommt Ihnen dabei so lustig vor?“

„Ihre Fragen, Monsieur.“

Er geriet etwas außer Fassung und mußte nachdenken. Er machte zwei Schritte auf mich zu und blieb dann stehen.

„Was haben meine Fragen an sich?“

„Sie nehmen anscheinend an, daß ich eine Spionin bin. Sehen Sie mich einmal gut an: Glauben Sie wirklich, daß ich so aussehe?“

„Ich glaube gar nichts, ich suche nach Tatsachen. Wußten Sie, daß Ihr Freund eine der wenigen Persönlichkeiten der Republik war, die ganz speziell über alle konkreten politischen und militärischen Maßnahmen in den aufständischen Regionen informiert war?“

„Nein.“

„Dann erklären Sie mir einmal, wieso die Führer der Rebellen regelmäßig über alle Maßnahmen der Regierung informiert waren, bevor sie überhaupt angewandt wurden?“

„Ich weiß es nicht. Ich verstehe wirklich nichts!“

„Sie lügen!“

Er hatte gebrüllt. Ich hörte, wie hinter mir die Tür auf- und wieder zuging: Es war jemand hereingekommen. Die geheimnisvolle Anwesenheit eines Mannes hinter meinem Rücken erschreckte mich. Ich wurde unruhig: Was würden sie mir antun? Die Gefahr wuchs, das stimmte, aber würden sie es wagen, mich zu foltern? Ich klammerte mich voll Verzweiflung an die Vorstellung, daß man eine Frau nicht foltert. Der Inspektor hatte sich wieder auf die Ecke des Schreibtischs gesetzt und ließ die Beine baumeln. Seine Gesichtszüge hatten sich verhärtet.

„Sie sitzen in der Patsche, begreifen Sie das? Sehen sie mal: Sie behaupten, daß Ihr Vater ein Führer der Rebellen gewesen sei, und Sie sagen mir, daß er vor einigen Wochen getötet worden ist! Wie durch einen Zufall werden Sie zur gleichen Zeit die Mätresse eines Ministers, der bekannt ist wegen seiner Wut auf die Rebellen und wegen seines Hasses auf Ihren Stamm! Wie durch einen Zufall stellen wir fest, daß mit dem Beginn Ihrer Liebschaft die Rebellen im voraus auf dem laufenden sind über alle Maßnahmen gegen sie und gute Informationen besitzen über die Bewegungen unserer Truppen! Folgerung?"

„Ich versichere Ihnen, daß Sie sich täuschen. Ich bin mit dem Minister seit mehr als einem Jahr ausgegangen! Ich habe ihn geliebt! Ich hatte niemals Verbindung mit den Rebellen!"

„Woher wissen Sie dann, daß ihr Vater ein Führer der Rebellen war?"

„Ich habe es Ihnen doch gesagt: aus den Zeitungen!"

„Sie lügen. Die Zeitungen haben seinen Tod gemeldet. Sie haben nie berichtet, daß er einer der Chefs der Rebellion war!"

Er sah mich voll Herablassung an. Er trat hinter

mich, blieb hinter dem Stuhl stehen und legte seine Hände auf meine Schultern. Er drückte diese leicht, dann beugte er sich zu mir herunter. Als seine Backe fast an der meinen war, spürte ich seinen warmen Atem. Instinktiv erkannte ich in diesem veränderten Verhalten eine Warnung.

Ich gewann wieder Kraft, als ich ihn sprechen hörte: „Hör mal, mein Mädchen, das ist alles lächerlich! Du hast mit dem Feuer gespielt, nicht wahr? Sag es mir, und ich lasse dich laufen, ich schwöre es dir! Du möchtest doch gerne ein schönes Bad nehmen, nicht?"

„Ich habe Ihnen die Wahrheit gesagt, aber Sie glauben mir nicht."

„Weil Sie mich für einen Dummkopf halten!"

Er ließ mich los und stellte sich im Winkel links vor mir auf. Ich hielt die Zeit für gekommen, um mich zu verteidigen. Ich war am Ende. Es brach aus mir heraus:

„Ich weiß nicht, ob Sie ein Dummkopf sind. Ich weiß nur, daß Sie ein Stammesanhänger sind. Keinen Augenblick haben Sie geglaubt, daß ich aus Liebe mit diesem Mann zusammenleben könnte! Er ist nicht von meinem Stamm, also kann ich ihn nicht lieben! Und ferner: Nicht eine einzige Minute lang haben Sie versucht herauszubekommen, ob es nicht Ihre anderen Minister sind, die... die... Und warum soll es nicht mein geliebter Minister gewesen sein? Er träumte von Macht, nicht wahr? Sind Sie sicher, daß er den Rebellen Ihre Informationen nicht verkaufen würde? Seine Wut und sein Haß schützen ihn! Ich aber bin ganz eindeutig abgestempelt als..."

Ich keuchte, befreit. Hatte ich eine drohende Gefahr vermieden? Eine angenehme Wärme erfüllte mich plötzlich. Was für eine absurde Idee war es gewesen, meinen Piraten in den Schmutz zu ziehen! Ich empfand keine Gewissensbisse. Ohne ein Wort zu sagen, hatte sich der Inspektor wieder an seinen Schreibtisch gesetzt. Er öffnete eine Schublade, nahm eine Zeitung heraus und hielt sie mir vor die Augen: „Wenn wir den Minister noch nicht verdächtigen, so geschieht das deswegen!"
Ja, das war klar. Die Wörter tanzten vor meinem verschleierten Blick, ein Durcheinander an Farben, in dem Rot und Schwarz dominierten.

„UNFALL ODER ATTENTAT?
Ein Minister bei lebendigem Leib in seinem Wagen verbrannt.
Er fuhr zur Inspektion in die Provinz!
Ein großer Verteidiger der Nation!"

4

In dem Taxi, das mich in die Stadt zurückbrachte, versuchte ich mich zu freuen. Ich würde endlich ein Bad nehmen und mich ausruhen können. Wenn der Hauseigentümer mich nicht vorher vor die Tür setzen würde, würde ich in ein bis zwei Tagen in eine andere Wohnung ziehen, vermutlich in ein Zimmer, jedenfalls in etwas Billigeres. Aber mein Leidensweg war noch nicht zu Ende. Ich schleppte die beiden letzten Tage und die schreckliche Nacht mit mir, aus der ich armselig und zerstört hervorkam. Als die Gefängniswärter mich wieder abholten, war ich bereit nachzugeben. Jedes andere Gefängnis, so sagte ich mir, war menschlicher als dieses Loch. Ich kam zu dem Inspektor, den ich frisch gewaschen und rasiert nach Kölnisch Wasser duftend antraf. Er trug einen schwarzen Anzug und sah dadurch aus wie ein Geschäftsmann. Ich kam mir ihm gegenüber schmutzig vor. „Er ist ein Sadist“, hatte ich mir beim Eintreten gesagt, „er möchte mich erniedrigen.“ Ich hatte mich instinktiv gestrafft und war entschlossen, mich zu verteidigen, aber das war nicht nötig. Er ging auf mich zu und stellte mir zuvorkommend einen Stuhl zur Verfügung. Alles andere ging dann sehr schnell.

„Sie sind frei, Mademoiselle! Ich lasse ein Taxi kommen, das Sie nach Hause zurückbringt. Aber erlauben Sie mir, daß ich Ihnen zuvor noch zwei Kleinigkeiten sage: Erstens liebte Sie der Minister wirklich, und Sie sind seiner nicht würdig. Zweitens sind Sie ein schönes Luder! Ihretwegen haben wir jetzt einen starken Verdacht gegen ihn! Allerdings kann man einen Toten leicht verdächtigen. Ich meinerseits bin immer noch davon überzeugt, daß Sie mit den Rebellen unter einer Decke steckten! Aber Sie haben uns ja nun einen Schuldigen gebracht und dadurch viele Leute zufriedengestellt! Nur einen Rat gebe ich ihnen: Passen Sie auf, daß Sie nie wieder in meine Hände fallen!"

Das war das Ende des Tunnels. Das Taxi war gekommen, und der Tag hatte sich wieder in Bewegung gesetzt. Auch wenn der Inspektor mich verachtete, war ich erleichtert weggegangen. Was für ein Fiebertraum ist es, daß ich alles wiedersehen darf? Ich hatte einen Satz gebraucht, um mich zu schützen. Er hatte sich in eine Bresche verwandelt und dadurch unglaubliche Verdächtigungen möglich gemacht. Es war nur recht, daß der Pirat mir als Schutzschild diente, denn er hatte mich geliebt.

Den Inspektor hatte ich zu hassen gelernt. Er hatte mir zwei Tage lang wissentlich den Tod des Piraten verheimlicht. Um mich zu vernichten, hatte er mir die große Zeitungsüberschrift vor die Augen gehalten. Zugleich war er aus seinem Stuhl aufgesprungen und hatte angefangen zu schreien:

„Was sagen Sie dazu?"

„Nichts, Monsieur!"

Ich hatte den Eindruck, das Opfer eines Irrtums zu sein. Er hat meinen Garten geplündert und mich geschunden, damit ich ein Verbrechen gestand, das mir unbekannt war. Hatte meine Ruhe ihn überrascht? Welche Antwort hätte ich ihm vorschlagen können? Sie erwarteten Erklärungen. Welche hätte ich ihnen bieten können außer der meines Schmerzes? Ich habe meinen Piraten geliebt. Ich hatte das von Anfang an laut gesagt, und es war die Wahrheit. Mein Anteil an seinem Tod? Da sollten sie erst einmal die Spur finden! Das war ihre Sache. Meine Sache war im Augenblick etwas anderes, ein sehr großer Ärger: Ich war ein Rädchen im Werk gewesen, und vielleicht war ich durch meinen Übereifer mein eigener Henker geworden. Hatte wirklich ich über seinen Tod entschieden, als ich Ma Yene von der geheimen Abreise zu einer Inspektionsfahrt informierte? Als Ausdruck der Neutralität in diesem Kampf besaß ich nur meinen Schmerz. Der Inspektor hatte eine heuchlerisch traurige Miene aufgesetzt.

„Sie liebten ihn, Mademoiselle, also sprechen Sie!"

„Ich habe Ihnen alles gesagt, was ich wußte. Sie waren von Anfang an entschlossen, in mir den Schuldigen zu sehen. Was soll ich da machen?"

„Hören Sie, Mademoiselle, Sie täten gut daran, nicht mehr zu spielen!"

Er sprach leise mit einem trockenen Ton. Ich sah ihn an. Sein Gesicht hatte den Ausdruck eines lauernden Raubtiers. Er zog abrupt die Schublade auf und nahm einige Blätter Papier heraus. Ein böser Ausdruck der Freude machte sich auf seinem Gesicht breit.

„Ich will Ihnen etwas vorlesen, was an Sie gerichtet ist, einen Brief... Wir haben ihn in seinem Ministerium im Schreibtisch gefunden!"

Ich sagte mir: Endlich wird das Beil auf mich niederfallen. Wenn er das geahnt hätte! Voller Verzweiflung überlegte ich, welche Verbindung es zwischen meinen Wegen zum Markt und diesem Brief geben könnte, der da aus dem Nichts auftauchte. Meine Tränen retteten mich. Im voraus geschlagen, erwartete ich die Rache des Toten.

„Meine Freundin,
Geliebte Freundin, ich fahre morgen sehr früh ab und hoffe, Dich bei meiner Rückkehr in zehn Tagen glücklicher vorzufinden, als Du es jetzt bist. Seit wir zusammenleben, habe ich das Gefühl, daß Du mir zugleich nah und fern bist. Du bist mir nah durch eine Liebe, die mir immer mehr Grund gibt, glücklich zu sein. Du stehst mir fern, sehr fern in manchen Deiner Verhaltensweisen, besonders durch Deine sehr interessierten Fragen zu politischen Dingen, die den Anschein erwecken, als würdest Du mich überwachen. Ich verstehe sehr gut, daß Dich das Schicksal Deiner Familie, die in der unruhigen Gegend geblieben ist, oft ängstigt; aber warum mußt Du eine Miene aufsetzen, als wärst Du offenbar unbeteiligt? Eine solche Atmosphäre kann, fürchte ich, nur Unglück bringen. Es sieht oft so aus, als hättest Du kein Vertrauen zu mir, und seit einiger Zeit kommt mir der Gedanke, als würdest Du nur zu einem bestimmten Zweck mit mir leben..."

Aufs äußerste angespannt wartete ich auf mein Urteil. Das Herz klopfte heftig in meiner Brust. Ich strengte mich an, um meinem Gesicht trotz der Tränen einen normalen Ausdruck zu verleihen. Aber es war vergeblich. Der Kopf schien mir zu zerspringen. Ich haßte ihn heftig, meinen Piraten. Was war das für eine verrückte Idee, mir einen Brief zu hinterlassen, wo er doch mit mir hätte sprechen können! Der Inspektor beobachtete mich mit einem Lächeln auf den Lippen.

„... um dank meiner politischen Position die Deinen retten zu können, wenn es notwendig wäre. Sollte ich für Dich nur ein Mittel sein, das Du zu genau diesem Zweck verwendest? Ich weiß nicht, wie es sich genau verhält. Aber ich liebe Dich genug, um nicht weiter darauf zu beharren. Daher sage ich Dir mit Vergnügen, daß ich bei meiner Inspektionsreise ins Innere des Landes alles in meiner Macht Stehende unternehmen werde, um Deine Verwandten zu treffen und sie, wenn möglich, aus dem Wespennest des Aufstands zu holen und zu Dir zu bringen. Alles dies, weil ich Dich liebe und alles tun würde, um Dich nicht zu verlieren. Du hast es mir gesagt und sagst mir oft, daß Du mich liebst. Du verstehst, daß ich zu Dir gelangen, daß ich wissen möchte, was mit uns geschieht. In gewisser Weise scheint unsere Lage klar zu sein: Deine Rückkehr war eine Offenbarung. Du hast mich gebeten, Deine Freundin wiederzufinden, und Du hast Dich geopfert! Mit der Zeit hast Du Deine Liebe entdeckt, und ich habe Dich auf die natürlichste Weise der Welt akzeptiert. Du hast mich mehrmals gebeten, ich möchte Dir sagen, warum ich Dich liebe...“

Ich schöpfte wieder Luft und flehte zum Himmel, daß die Gefahr vorüberginge, daß mein braver Pirat sich in seinen Gefühlen verfinge, um mich zu retten. Obwohl Gefühlsregungen von Zärtlichkeit über mich kamen, blieb ich vor Furcht erstarrt.

„...mangels vernünftiger Gründe — gibt es die überhaupt in der Liebe? — kann ich Dir, da ich Zeit habe, Erklärungen geben, die nach meiner Meinung die Anziehungskraft verdeutlichen könnten, die Du auf mich ausübst. Zuerst ist da Deine natürliche Art zu sein, zu leben und zu denken. Du bewegst Dich in einem friedlichen Universum aus klaren, reinen Gewißheiten. Deine Offenheit für andere, Dein Lächeln und Deine fast ständige gute Laune zeugen von einem unschuldigen Geist und wirklichem inneren Frieden. In einem Wort: Alles das sind Dinge, die mir fehlen und die die hochnäsigen Mädchen in den Ministerien, die Zierpuppen und alten Matronen, die in den Kreisen der Politiker verkehren, nicht besitzen. Ferner müßte ich Deine geistige und physische Offenheit nennen. Du scheinst so viel Vertrauen in die anderen zu haben, daß Du Dich ohne Hintergedanken hingibst; es sieht niemals so aus, als würdest Du bei anderen irgendeine Bosheit vermuten. Deine Güte scheint mir einer außerordentlich großen inneren Freiheit zu entsprechen. Schließlich ist noch Dein Körper zu nennen. Du bist der Typ Frau, von dem ich immer geträumt habe: Deine großen Augen, Dein von Natur aus sinnlicher Mund, Dein Gesicht, das durch seine natürliche Schönheit Eindruck macht, Dein ganzes Wesen ist eine Hymne auf die Fraulichkeit; es fällt um so mehr auf, als es das Gegenteil jener ausgeglichenen, snobistischen jungen Frauen Deines Alters darstellt, die die Männer nachäffen.

Ich nenne Dich ‚schöner Liebling'. Das stellt nicht nur eine Bewertung von mir dar, sondern die Anerkennung jener wunderbaren Harmonie zwischen Deinem Körper und Deinem Geist.
Diese drei Erklärungen geben keinesfalls alle Gründe meiner Liebe an. Aber sie umgreifen sie, und ich hätte es so gerne, daß Du mir glaubst und verstehst, wie sehr ich an Dir hänge.
Wir wollen also die Gespenster verjagen, die sich zwischen uns gestellt haben. Ich würde nach meiner Rückkehr so gerne mit Dir leben, ohne mich jedesmal analysieren zu müssen. Ich fahre nämlich voll Sorge für uns beide und unsere Liebe weg. In der letzten Zeit hatte ich Dir gegenüber den unangenehmen Eindruck, als würden meine Gedanken überwacht und meine Worte untersucht. So etwas paßt schlecht zu Dir! Ich hatte sogar angefangen, falsch zu spielen: Meine geringsten Worte und Gesten waren vorbereitet, vorgefertigt, um zu sehen, wie Du sie aufnehmen würdest. In einem Wort: Deine Anwesenheit hat mich immer mehr veranlaßt, das wenige an Spontaneität zu unterdrücken, was ich einmal durch Dich wiedergewonnen hatte. Ich war sogar bis zu dem Punkt gelangt, wo ich fürchtete, das zu verraten, was ich als das Schönste ansah, was Du mir gebracht hattest: die unendliche Zärtlichkeit, die mich erfüllt, wenn Dein Blick dem meinen begegnet..."

Mein Magen wurde von Krämpfen geschüttelt. Ich weinte um meinen guten Piraten. Ich stand an einer Kreuzung, wo mehrere Zufälle zusammenflossen. Und trotz meines Kummers, vielleicht sogar wegen ihm, fühlte ich mich mehr als je berechtigt, den Teil am Geschehen zu verteidigen, zu dem ich beigetragen hatte. Ich öffnete den Mund, um zu sprechen, und ich bemerkte, daß meine Tränen den Geschmack von Blut besaßen. Der Inspektor stand jetzt vor mir und sah mich mit einem bösen Ausdruck an.

„Verstehen Sie jetzt, Mademoiselle?“

„Ja, ich verstehe.“

„Also?“

„Es ist ein Liebesbrief.“

„Das ist alles?“

„Wir hatten unsere Probleme als Paar, mehr nicht! Er redet von den Rebellen. War er es nicht, der mit ihnen zusammentreffen sollte?“

„Sie sind eine dreckige Nutte, Mademoiselle, daß Sie Ihren Freund so in den Schmutz ziehen!“

„Ich schwöre Ihnen, daß ich ihn geliebt habe.“

Ich wagte es nicht mehr, mit meinem tränenüberströmten Gesicht aufzublicken. Ich fühlte mich erniedrigt durch den verächtlichen Blick des Inspektors, der mich vom Kopf bis zum Fuß maß.

„Sie behaupten also immer noch, daß Sie nicht Mitglied irgendeiner Befreiungsbewegung sind?“

„Ja, das behaupte ich!“

Ich hatte noch eine letzte Nacht im Kerker zu verbringen. Mit größter Nüchternheit hatte ich alle meine Handlungen und Kontakte der letzten Wochen überprüft. Ich war sicher, mit Ausnahme der geringfügi-

gen Anspielungen des Briefes keine Anhaltspunkte entdecken zu können. Aber was konnte ich in dieser Nacht, die nicht enden wollte, machen? Glücklicherweise war der Morgen gekommen, und ich hatte das Loch verlassen.
„Madame! Madame!“
Das Taxi war stehengeblieben. Ich bezahlte den Fahrer. Kaum war ich aus dem Wagen, da entdeckte ich die Sonne, die mir guttat, und die Luft. Ich schwang meine Tasche mit der einen Hand und sprang vor Freude, als ich summend und in großen Schritten zu meiner Wohnung hinaufging.

5

Du bist wieder in die Bar zurückgegangen. Du hattest erst vorgehabt, den Platz zu wechseln, aber eine Art Instinkt hat dich dorthin zurückgeführt. Die Bar ist knallvoll wie immer. Einer der Barmixer hat dich freundlich empfangen, als wärst du nach Hause zurückgekommen:

„Da sind Sie ja endlich, Mademoiselle, was gibt es Neues?“

„Nichts Neues, mir geht es gut. Und Ihnen?“

„Es geht. Aber wie jeden Samstag abend gehen mir die Kunden ein wenig auf die Nerven. Möchten Sie nicht einen Whisky? Sie sind mein Gast!“

Die Luft war drückend. Die Klimaanlage arbeitete auf Höchsttouren, aber bei dem großen Andrang war die Arbeit der Maschinen fast umsonst. Das Orchester spielte eine ruhige Musik, doch plötzlich änderte sich der Rhythmus. Falten enstanden auf deiner Stirn, und du hast die Lippen zusammengepreßt; das Licht ist erloschen. Es war sein Lieblingslied. War das Klopfen in deinen Schläfen ein Zufall? Freundlich lächelte der Barmixer dir zu, und ein Zeichen des Verstehens blitzte in seinen Augen auf. Mit der Tradition zur Mitternachtszeit durfte man nicht brechen. Es war das Fest deiner Rückkehr; du hattest dich für die Dauer eines Tanzes der Erinnerung hinzugeben.

„Schenken Sie mir diesen Tanz für meine Rückkehr?“

„Wie Sie wünschen, Mademoiselle.“

Du bist durch eine Tischreihe auf die Tanzfläche gegangen. Er war schlank und geschmeidig und hatte feste Muskeln. Während der Sänger zu ersticken drohte, hattest du das Bedürfnis, in diesem warmen Fluß aufzugehen.

„Silent sunlight, welcome in
There is work I must now begin
All my dreams have blown away
And the children wait to play."

Deine Hand stieg langsam seinen Rücken hoch, und du hast seinen Hals berührt. Du mußtest, so hast du gedacht, die Regenbogen einer vergangenen Zeit zudecken.
„Sie tragen ein schönes Kleid, Mademoiselle!"
„Danke."
„Wie bringen Sie es fertig, so schön zu sein?"
Du spürst den Druck seiner feuchtwarmen Hände. Du hast den Kopf leicht zurückgelegt und ihm ein strahlendes Lächeln geschenkt. Wie hast du das fertiggebracht?
„Durch gar nichts, Lieber! Man muß verstehen, seine Kleider gut auszuwählen!"
Ja, dein kleines graues Kleid aus modischer Naturwolle war hübsch. Biesen hoben die Säume der langen Knopfreihe hervor. Da der Kragen mit dem Hals abschloß, konntest du ein blaues Tuch tragen, das deine kurzgeschnittenen Haare heraushebt. Dein enger schwarzer Gürtel verleiht deiner schmalen Taille eine schlichte Eleganz.
„Und um mich schön zu erhalten, mache ich Politik!"
Du spürtest, wie seine Hand an deinem Rücken hoch- und herunterging.
„Es ist wirklich schade um Ihren Freund! Ich habe in

der Zeitung davon gelesen!"
„Ja, es ist traurig."
„Stimmt es, daß Sie Schwierigkeiten mit der Polizei hatten?"
„Ach was! Warum hätte ich welche haben sollen?"
Während er tanzt, steht dein Partner auf den Zehenspitzen, als würde er davonfliegen. Du siehst die Musiker an, die es ehrlich zu meinen scheinen. Ihr Spiel und der Gesang kommen dir vor wie eine Flucht in die Weite des Himmels.

„They'll soon remember things to do
When the heart is young
And the night is done
And the sky is blue
Morning songbird, sing away..."

„Wissen Sie, jeden Abend kommt der Freund Ihres Freundes hierher, ein Anwalt! Sie kennen ihn doch? Er kommt gewöhnlich gegen ein oder zwei Uhr morgens."
„Ja, ich weiß, danke!"
Du hast eine Neue an der Theke ausgemacht, die du nicht kanntest. Sie saß in kurzen Hosen auf einem Schemel und zeigte die schönsten und längsten Beine, die du seit langem gesehen hattest.
„Wer ist das, die Neue?"
„Ich weiß nicht, wie sie heißt, Mademoiselle, aber ich werde Sie vorstellen."
Er drückte dich so fest an sich, daß ihr eine unförmige, von bunten Lichtstreifen bedeckte Gestalt gebildet habt.

„Lend a tune another day
Bring your wings and choose a roof
Sing a song of love and truth
We'll soon remember if you do ..."

Es war eine Landebrücke, auf der du nach der Reise heimgekommen bist. Keine Gewitter und kein Unfall standen mehr zu befürchten. Es genügte, einen Regler wieder einzustellen. Das Lied der Rückkehr war auch das der Erinnerung gewesen, und es söhnte dich mit deinem Bild aus.

Du hast ihm nach dem Tanz gedankt und bist zu den Musikern gegangen, um ihnen einen Kuß zu geben. Dann hast du dich an einem guten Tisch in der Nähe der Tanzfläche niedergelassen. Wenige Minuten danach kam ein Amerikaner zu dir.

„Guten Tag, Mademoiselle! Man sieht Sie nicht mehr oft!"

„Guten Abend! Hier bin ich ja wieder!"

Du hast die Dinge dort wieder aufgenommen, wo du sie gelassen hattest. Eine Bedienung brachte die Getränke. Der Amerikaner zog seine Jacke aus Cordsamt aus und machte die Krawatte locker. Wie du es erwartet hattest, griff seine Hand warm und unbefangen sofort an deine Beine. Er mühte sich ab.

„Was ist Ihnen denn passiert, mein gutes Mädchen?"

„Nichts! Was soll mir denn passieren?"

Er hatte die zuvorkommende Art eines perversen alten Onkels. Du warst traurig und hast ihn gewähren lassen, denn es war dir klar, daß du keinen Grund hattest, ihn zurückzuweisen. Du warst ein schmutziger Fluß, wie der Pirat gesagt hatte. Das war ungefähr

eine Woche vor seinem Tod gewesen. Er war etwas früher als gewöhnlich aus seinem Amt gekommen und war wie ein Sturmwind in die Wohnung eingetreten.
„Laß es gut sein für heute, mein schöner Liebling! Ich habe keinerlei Verpflichtungen heute abend. Komm, wir träumen und machen einen Spaziergang am Fluß entlang!"
Er hatte dich im Wagen mitgenommen. Das war idiotisch, denn der Fluß war weniger als zwei Kilometer entfernt, und laufen hätte ihm gutgetan. Er hatte mit dem Wagen auf der Umgehungsstraße angehalten, ihr wart hinuntergestiegen bis zu einer Treppe, von der man mit dem Fuß ins Wasser reichen konnte. Er hatte sich auf den Boden gesetzt, während du wartetest, daß er mit dir sprach.
„Bist du müde, mein Pirat?"
Das war eher eine Feststellung als eine Frage, und er antwortete in dem gleichen Ton, aber aus großer Ferne.
„Ja, schöner Liebling, ich bin sehr müde."
Du hattest seine Hände ergriffen. Sie waren kalt. Du hattest versucht, ihn abzulenken, und hattest dich so auf die Stufe gelegt, daß dein Kopf auf seinen Knien lag. Du erwartetest, daß er sich zu deinem Gesicht niederbeugte, das du ihm entgegenstrecktest. Aber sein Blick blieb verloren in der Ferne.
„Du bist sehr, sehr müde, mein Pirat! Du müßtest dich wenigstens eine Woche lang ausruhen! Ich will dich sehr verwöhnen!"
„Danke, schöner Liebling! Ich sehe mir den Fluß an. Er ist schmutzig, aber stark. Und ich sage mir, daß wir ..."

Er zögerte. Du wolltest ihm helfen.
„Wir? Was ist mit uns, mein Pirat?"
Er hatte sich über dich gebeugt. Sein Blick ruhte in deinem, und er hatte sehr schnell gemurmelt, als hätte er Angst:
„...wir sind auch schmutzige Flüsse, aber wir sind nicht stark, ganz und gar nicht stark."
Du hattest auf eine Fortsetzung, auf eine wichtige Offenbarung gewartet, aber nichts war gefolgt. Er hatte dich zärtlich geküßt. Als eine Stunde später die Nacht hereingebrochen war, wart ihr in die Stadt zurückgekehrt.
Du siehst prüfend deinen Amerikaner an und stellst dir die Frage, ob du ihn die ganze Nacht behalten oder aber ihn fallen lassen würdest, um den Anwalt zu zerstreuen, der jeden Augenblick kommen wird. Du hältst dein Glas Whisky in der Hand, trinkst und hoffst, Sicherheit und Gewißheit zu erlangen, durch die du für die Nacht beschützt würdest. Er ist nett, der Amerikaner.
„Wie heißt du?"
„Thomas."
„Thomas?"
„Ja, Thomas Reeves! Nenn' mich Tom! Und wie heißt du?"
„Ich heiße Ya."
„Ya?"
„Ja, das heißt: Schwester! Das ist der Name, den ich mag."
Er lachte vergnügt. Das war, so dachtest du, die Gelegenheit, ihn einzufangen und zugleich auf Distanz zu halten.

„Sind Sie immer noch Techniker?“
„Indeed, ich bin’s immer noch.“
„Und was machen Sie als Techniker?“
„Das ist schwierig zu erklären. Um es mit einem Wort zu sagen: Ich helfe Ihrem Land bei seiner Entwicklung. Verstehst du?“
Nein, du hast nicht verstanden. Du brauchtest nur seine Anwesenheit, um bis zwei Uhr zu warten. Er gefiel dir.
„Du bist schön, mein Techniker.“
„Ja?“
„Ja, tatsächlich. Unterhalte mich, bitte! Komm tanzen!“

Anmerkung des Autors

Die Erzählung spielt in Kinshasa, der Hauptstadt der Republik Zaire, die früher Demokratische Republik Kongo hieß. — Die Rede des Präsidenten der Republik, von der Auszüge im Abschnitt II, 4 wiedergegeben sind, wurde im Palast der Nation vom Staatschef J. Kasavubu am 7. Oktober 1965 bei der Eröffnung des ersten ordentlichen Sitzungszeitraums der zweiten Legislaturperiode gehalten. — Der Aufstand, der in der ganzen Erzählung eine Rolle spielt, ist nach den tatsächlich erfolgten Rebellionen gestaltet (vgl. B. Verhaegen, Rébellions au Congo, Etudes du C.R.I.S.P., Brüssel, 2 Bde., ohne Datum). Der Presseauszug in IV, 2 ist in der Zeitung Le Monde vom 30. Juli 1964 unter der Signatur P. De Vos erschienen. Ich habe ihn absichtlich geändert.
Dies ist es im wesentlichen, was ich den historischen Tatsachen entnommen habe. Die Erzählung und die in ihr erscheinenden Personen sind erdacht und fiktiv, und jede Ähnlichkeit mit wirklichen Ereignissen und Personen kann nur das Werk des Zufalls sein.
Eine letzte Bemerkung: Die Farce der Menschenfresserei ist ebenfalls von Anfang bis Ende erdichtet. Die Formel ist dagegen die eines Nkundo-Gebetes. In ihrem kulturellen Zusammenhang hat sie nichts mit Menschenopfern zu tun (vgl. V. Mulago, in: Les Religions Africaines comme Source de Valeurs de Civilisations, Présence Africaine, Paris 1972, S. 134-135).

Nachwort

Valentin Yves Mudimbe gehört zu den bekanntesten Autoren von Zaire, dem ehemaligen belgischen Kongo, der nach dem Ende der Kolonialherrschaft eine besonders unruhige und bewegte Zeit erlebte. Diese Erfahrung bildet den Hintergrund zum Werk von Mudimbe, der am 8.12.41 in Likasi (früher Jadotville) geboren wurde und dessen Vater als Schlosser bei der Union Minière von Katanga, der reichen Bergbauprovinz des Landes, arbeitete. Aufgrund der Arbeit des Vaters in einem europäischen Industriebetrieb wurde das Bildungsinteresse für den Sohn geweckt, der zunächst bei den Benediktinern die Schule besuchte und mitten in den Wirren der Jahre nach der Erringung der Unabhängigkeit 1962 das Abitur ablegte. Mudimbe hat zunächst in Kinshasa, der Hauptstadt des Landes, wo auch der Roman spielt, Wirtschaftswissenschaft, Linguistik und Soziologie studiert, dann in Löwen und Paris (1968-1970) seine Studien fortgeführt und mit der Promotion in Romanischer Philologie abgeschlossen. Nach seiner Rückkehr aus Europa erhielt Mudimbe eine Professur für allgemeine Linguistik und vergleichende Grammatik der indoeuropäischen Sprachen, die er bis 1980 innehatte. Seit diesem Zeitpunkt arbeitet er in den USA. Im Gegensatz zu der Mehrzahl seiner Kollegen ist Mudimbe nicht nur Literat, sondern zugleich als Wissenschaftler und Professor, als Herausgeber und Mitarbeiter von Zeit-

schriften, als Organisator und Leiter von Kongressen, als Vortragender in afrikanischen und europäischen Ländern, in Nordamerika und Japan eine international bekannte und geachtete Persönlichkeit.
Ein Freund war es, der Mudimbe veranlaßte, die Erfahrung der Zerrissenheit Afrikas zwischen seiner Tradition und dem europäischen Einfluß in der Form eines Romans zu fassen. So entstand in den Jahren 1966-67 „Entre les eaux", ein Werk, das erst 1973 in Paris veröffentlicht wurde, für das der Autor den „Grand Prix Catholique de Littérature" erhielt und das ihn in der französischsprachigen Welt bekannt machte. In der Zeit zwischen der Abfassung und der Veröffentlichung dieses Romans hatte Mudimbe Gedichtsammlungen veröffentlicht; Reisetagebücher aus Amerika und Japan, 1976 und 1981 erschienen, geben die Erfahrungen bei der Begegnung mit diesen Ländern wieder. 1976 kam der vorliegende Roman mit dem französischen Titel „Le bel immonde" heraus und 1979 als drittes Erzählwerk „L'écart". In der großen Zahl von linguistischen, soziologischen und anthropologischen Schriften Mudimbes nehmen die literarischen Werke einen verhältnismäßig geringen Raum ein, aber durch die Literatur läßt sich ein breiteres Publikum erreichen als durch wissenschaftliche Veröffentlichungen. Zudem ist dies ein Publikum, das sich durch eine gewisse Erwartungshaltung auszeichnet, da es die schwer verständlichen Probleme Afrikas nicht aus der eurozentrischen Perspektive, sondern mit den Augen des Afrikaners selbst dargestellt sehen möchte. Das Publikum der frankophonen Literatur Afrikas setzt sich, wie wir aus einschlägigen

Untersuchungen wissen, zum geringeren Teil aus Afrikanern und zum größeren Teil aus politisch, gesellschaftlich und literarisch interessierten Intellektuellen in Europa und Amerika zusammen. Daher schreibt der afrikanische Autor nicht in erster Linie im Hinblick auf sein einheimisches Publikum, sondern für jene wachsende Schicht von Lesern der alten Kolonialländer und Amerikas, die erkannt haben, daß nahezu alle mehr oder weniger gut gemeinten Versuche der Vergangenheit und der Gegenwart gescheitert sind, Afrika und seine Menschen auf europäische Denk- und Verhaltensweisen auszurichten. Von der Kolonialisierung an über die Mission und die überhastete Schaffung artifizieller Staatsgebilde hin bis zur Entwicklungshilfe sind in Afrika mehr nicht nur lebensfähige, sondern auch lebenswerte Strukturen zerstört worden, als neue entstehen konnten. Über Jahrhunderte hat Afrika diesen Prozeß der Auflösung und Zerstörung stumm ertragen, und es ist das Verdienst seiner Literatur, seit der Zeit nach dem ersten Weltkrieg und verstärkt nach dem zweiten den Versuch unternommen zu haben, die Aufmerksamkeit der Welt auf das Afrika angetane Unrecht zu lenken. Mudimbe hat die Zeit der Kolonialherrschaft und der wirtschaftlichen Ausbeutung seiner reichen Heimat durch europäische Gesellschaften noch erlebt, er war bei den Missionaren in die Schule gegangen, aber er mußte vor allem als Student mit ansehen, wie das riesige Land unvorbereitet und überstürzt in die Unabhängigkeit gestoßen wurde und die schwersten Bürgerkriege durchmachte. Er blieb im Land und konnte so erleben, wie sich um die Machthaber eine neue

Klasse der Herrschenden herausbildete, die zwar europäische Lebensweisen zu imitieren suchte, die aber zugleich Wertnormen wie Verantwortungsbewußtsein für die weniger privilegierten Mitbürger, Redlichkeit und Beschränkung der eigenen Macht nicht mit übernahm. Trotz aller Möglichkeiten und Versuchungen, an der Macht teilzuhaben, die sich dem international anerkannten Wissenschaftler und Dozenten boten, blieb Mudimbe in kritischer Distanz zum System und bewahrte sich dadurch den freien Blick, anhand der Erfahrungen in seinem Land das Schicksal des Kontinents zu erfassen und in Werke literarischer Fiktion umzusetzen. Dabei kam ihm zusätzlich seine wissenschaftliche, insbesondere soziologische und literarhistorische Schulung zu Hilfe, die ihn davor bewahrte, die guten Intentionen für gute Literatur zu nehmen. Er vermeidet daher die direkte Aussage seines Engagements und überläßt die Interpretation seines Romans der Aufmerksamkeit des Lesers.

Sein erstes Erzählwerk „Entre les eaux", mit dem Untertitel: „Dieu, un prêtre, la révolution", stellt die Gewissensnöte und die Zerrissenheit eines Afrikaners „zwischen den Wassern" dar, zwischen der afrikanischen Tradition und der europäischen Kultur, zwischen dem Eintreten für die Rechte der Ärmsten und dem unwiderstehlichen Verlangen nach der verführerischen europäischen Lebensweise. Pierre Landu, ein in Rom ausgebildeter afrikanischer Priester sucht die Religion der sozialen Gerechtigkeit, bricht mit der Kirche und schließt sich einer Gruppe marxistischer Untergrundkämpfer an. Aus dem Wunsch, die Kirche wieder zu ihrem Ursprung, dem Ideal sozialer Gerechtigkeit, zurückzuführen, schreibt er einen Brief der Rechtfertigung an seinen Bischof. Das Schreiben wird abgefangen, Landu soll als Verräter erschossen werden und entgeht nur in letzter Minute der Hinrichtung. Aber auch der Versuch seines Bischofs, ihn für die Kirche zurückzugewinnen, mißlingt, Landu gibt den Priesterstand auf, heiratet und erlangt eine hohe Stellung in der Hierarchie des Landes. Doch auch dieser Versuch der Integration in die Gesellschaft ist zum Scheitern verdammt, denn der von europäischem Denken Geformte kann die sklavische Haltung seiner Frau nicht ertragen, der die Vorstellung einer Partnerschaft in der Ehe fremd ist. Landu verläßt wieder die Welt und zieht sich in ein Zisterzienserkloster zurück, ohne auch dort Ruhe zu finden. Er steht stellvertretend für jene Afrikaner, die zwischen die Lager geraten sind, die, von den auf sie hereinbrechenden Einflüssen zerrissen, zu Verrätern werden müssen.

In dem Roman „Le bel immonde“ hat Mudimbe Gedanken des vorangegangenen wieder aufgenommen und fortgeführt, vor allem die Zwangsläufigkeit, mit der Afrikaner im Niemandsland zwischen den Fronten zum Verräter werden. Aber er hat dafür neue, den Leser zunächst befremdende Formen gewählt. Während „Entre les eaux“ durchgängig in der Ich-Form gehalten ist, wechselt die Perspektive hier ständig: Ein Erzähler redet die jungen Frauen mit „Du“ an, dann wiederum spielt das Geschehen in der dritten Person und geht zum Ende des Werks in die Ich-Form über. So ist der Leser gezwungen, sich zu Beginn jedes Kapitels neu zu orientieren, und dazu kommt für ihn die weitere Schwierigkeit, daß die Personen — mit Aus-

nahme der Heldin Ya — keine Namen tragen, sondern nur mit Pronomen bezeichnet werden, bei denen zunächst nicht gewiß ist, wer damit gemeint ist. Letztlich trägt auch der ungewöhnliche Gebrauch der Zeiten, insbesondere der Vorvergangenheit, zur Verwirrung des Lesers bei und verlangt von ihm ein höheres Maß an Reflexivität, als er von einem traditionellen Roman gewöhnt ist. Mudimbe erweist sich als ein Kenner moderner Erzähltechniken, insbesondere des Nouveau Roman, die er virtuos beherrscht und weiterentwickelt. Während nämlich im Nouveau Roman, vor allem durch Natalie Sarraute, die psychologische Ergründung des Ichs zur Aufgabe des Romans erklärt wird, geht Mudimbe darüber hinaus und versucht, statt des Individuums allein die wechselhafte Entwicklung der Beziehung zwischen zwei Individuen in den Mittelpunkt der Erzählung zu stellen. Daher stehen diese Beziehungen während des ganzen Romans im Vordergrund, vor den sozioökonomischen und politischen Gegebenheiten, die sich in bestimmter Weise auf das Verhältnis der Menschen zueinander auswirken. Der Roman geht insofern, wie es dem Reservat der Literatur entspricht, über die reine Reportage der Fakten hinaus; er vertieft sie und interpretiert sie.
Die tatsächlichen Vorgänge in Zaire sind von Mudimbe, wie er in seinen dem Roman nachgestellten Anmerkungen erwähnt, zwar gebraucht worden, aber nur als Material für die Darstellung beliebiger Mechanismen bei Rebellion und Repression in jedem Land Afrikas. Es ist daher folgerichtig, daß er in der zwischen West und Ost sehr kontrovers geführten Debatte um die Darstellung jener turbulenten sechziger Jah-

re in Zaire nicht Stellung nimmt. Klarer als mancher andere ‚engagierte' afrikanische Schriftsteller hat Mudimbe erkannt, daß die Übernahme europäischer Konflikte zur Lösung der afrikanischen Probleme nichts beiträgt. Er lehnt vielmehr den einfachen Weg ab, für alle gegenwärtigen Übel des Kontinents die Kolonialisation verantwortlich zu machen, und weist nur auf die Zerrissenheit der eigenen Gesellschaft hin. Der Minister steht für die in den meisten Ländern Afrikas herrschende Klasse, wobei es keine Rolle spielt, ob das Land dem westlichen oder dem östlichen System zuneigt, ob es behauptet, einen eigenen afrikanischen Weg des Sozialismus oder der Demokratie gefunden zu haben, oder ob es ganz einfach eine Diktatur ist. Begriffe wie „Demokratie", „Freiheit", „Sozialismus" sind leere, austauschbare Schlagwörter geworden; Realität ist nur der Hunger nach Macht.
Der Freund der schönen Prostituierten Ya, der Minister, der zugleich Mitglied des engsten Sicherheitsrates um den Präsidenten ist, verkörpert dieses unbändige Verlangen nach Liebe und Einfluß und Macht. Er besitzt neben Scharfsinn und Kraft den Glauben an die eigene Auserwähltheit und eine zynische Menschenverachtung, die ihn dazu bringen, die Freundin von Ya zu beseitigen, um wieder in deren alleinigen Besitz zu gelangen. Er zögert nicht, seine Frau, die Mutter des gerade gestorbenen Sohns, zu verstoßen und sich mit seiner Freundin in der Öffentlichkeit zu zeigen; bei einem diplomatischen Empfang gibt er sie sogar als seine Frau aus. Er ist ihr so sehr verfallen, daß er es in Kauf nimmt, sich durch ihre Beziehungen zu den Auf-

ständischen, die er mehr oder weniger bewußt ahnt, kompromittieren zu lassen. Sein gewalttätiger Tod ist die Folge seines Machthungers. Auch Ya ist intelligent und anpassungsfähig; sie wird als Kind von den Missionsschwestern „entdeckt" und gefördert; sie verläßt das heimatliche Dorf, um der traditionellen Rolle der Afrikanerin zwischen Kindern, Küche und Feldarbeit zu entgehen, um sich in der Stadt weiterzubilden. Wie sie dazu gekommen ist, in der Bar als Prostituierte zu arbeiten, erfahren wir nicht, können es aber aus der Gesamtdarstellung der korrupten Gesellschaft in Kinshasa erkennen. Durch die erzwungene Zusammenarbeit mit den Aufständischen gerät sie in eine zweideutige Position und verrät ihren Freund gegenüber den Rebellen wie schließlich auch gegenüber der Polizei. Ihr Zynismus drückt sich am deutlichsten in einer Bemerkung aus, die sie bei der Rückkehr in die Bar fallen läßt: „Um mich schön zu erhalten, mache ich Politik."

Es entsteht auf diese Weise ein starker Kontrast zwischen den Liebesbeziehungen und der die Personen umgebenden brutalen Realität. Für die Darstellung der Bindung zwischen Ya und ihrer Freundin, später auch zwischen Ya und dem Minister, die insbesondere in dessen Briefen zum Ausdruck kommt, findet Mudimbe einfühlsam den passenden Ausdruck. Dagegen verdichtet sich immer stärker die Atmosphäre der Gewalttätigkeit. Der Minister greift zur Gewalt, um sich unter dem Einfluß des raffgierigen Zaubermeisters seiner Nebenbuhlerin zu entledigen, er geht mit Gewalt gegen die Rebellen vor und stirbt durch Gewalt. Vor allem aber sind es die Frauen, die der Gewalt ausgesetzt sind, in jeder Form, mit Schlägen, mit Vergewaltigung bis hin zum Mord aus Rache. Überall lauert hinter der Fassade der angenehmen europäischen Lebensweise die Brutalität, die die ganze unsichere Gesellschaft erfaßt hat. Mudimbe ist zu skeptisch, um an die Erneuerung der Moral durch eine der beiden Parteien im Bürgerkrieg zu glauben. Der Bote der Rebellen, der Ya Gewalt antut, spricht es mit schonungslosem Zynismus aus: Auch Yas ermordeter Vater ist nicht für das Proletariat gestorben, sondern weil er seinen Teil an dem Kuchen bekommen wollte. Das entsetzliche Leid des Landes und des ganzen Kontinents rührt allein von dem alles beherrschenden Kampf um die Macht her.

Das Gemälde dieser korrupten, von der Gewalt zerfressenen Gesellschaft wirkt um so eindringlicher, als es Mudimbe — im Gegensatz zu manchen anderen frankophonen Schriftstellern — vermieden hat, im Ton der Anklage zu sprechen. Diese erscheint distanziert ausgedrückt hinter dem verfremdenden Schleier der modernen Romantechnik, die noch verstärkt wird durch die Verweise auf afrikaferne Werke der Literatur: Stefan George und John Donne erklingen im Ohr der Prostituierten, als sie ihrer Arbeit in der Bar von Kinshasa nachgeht. Die Verse aus Sophokles' „Elektra" dienen dazu, nicht nur Ya und ihren Minister auf die eigene Schuld hinzuweisen; sie sollen zugleich Afrika und die Afrikaner davon abbringen, die Verantwortung für das Geschehen bei anderen zu suchen. Mudimbe bezieht damit Stellung gegen diejenigen, die es sich zu leicht machen bei der Zuweisung der Schuld, und er appelliert an das Gewissen seiner eigenen Landsleute. Insofern stellt sein Roman ein letztlich doch sehr politisches Buch dar.

Peter Schunck

Die Reihe „Afrikanische Autoren“ stellt bedeutende Werke der neueren afrikanischen Literaturen vor. Es werden in erster Linie Titel publiziert, die geeignet sind, das Interesse des deutschen Lesers zu wecken; hierzu gehören vor allen Dingen afrikanische zeitgenössische Romane und Erzählungen, die neben der eigentlichen Romanhandlung auch die besonderen historischen, gesellschaftlichen und politischen Gegebenheiten des jeweiligen afrikanischen Landes vermitteln.

Bisher erschienen in gleicher Ausstattung:

René Philombe

Der weiße Zauberer von Zangali

(Un sorcier blanc à Zangali)

Roman aus Kamerun

Cheikh Hamidou Kane

Der Zwiespalt des Samba Diallo

(L'aventure ambiguë)

Erzählung aus Senegal

José Luandino Vieira

Das wahre Leben des Domingos Xavier

(A Vida Verdadeira de Domingos Xavier)

Erzählungen aus Angola

Alex La Guma

Die Zeit des Würgers

(Time of the Butcherbird)

Roman aus Südafrika

René Philombe

Der weiße Zauberer von Zangali

(Un sorcier blanc à Zangali)

Roman aus Kamerun

Deutsch von *Hermine Reichart*

Hinter dem weißen Zauberer von Zangali verbirgt sich kein einheimischer afrikanischer Medizinmann, sondern der aus dem Elsaß stammende Pater Marius. Der Missionar arbeitet in Kamerun zu einer Zeit, als dort ein Herrschaftswechsel eintritt. So nutzen die Bewohner von Zangali die Übergangszeit, als die Deutschen nicht mehr und die Franzosen noch nicht im Sattel saßen, zum Mord an Pater Scrook. Pater Marius versucht nach abenteuerlicher Fahrt durch den Urwald, erneut eine Missionsstation zu errichten. Mit Hilfe von Medikamenten gelingt es ihm, aus dem Dorf verbannte, an einer schrecklichen Seuche leidende und dem Tod geweihte Einheimische zu neuem Leben zu erwecken, so daß sie gesund und munter und zum Erstaunen, ja, Entsetzen der Dorfbewohner ihren Angehörigen erscheinen.

Der Autor konstatiert, daß Kolonialmacht und Mission im Grunde zusammenarbeiten, weiß aber dennoch zwischen beiden zu unterscheiden.

Philombe läßt Pater Marius versuchen, die Bevormundung durch den Kommandanten der Kolonie abzuschütteln. Der endgültige Bruch wird am Ende der Geschichte erzählt, als es zwischen Marius und dem Kommandanten zu einer harten Auseinandersetzung kommt.

Philombe zwingt allein schon durch seine Erzählweise, sich auf das „alte“ Thema der Verflechtung von Mission und Kolonialismus wieder neu einzulassen.

Cheikh Hamidou Kane

Der Zwiespalt des Samba Diallo

(L'aventure ambiguë)

Erzählung aus Senegal

Deutsch von *János Riesz* und *Alfred Prédhumeau*

Kane schreibt hier eine „theologische Erzählung“. Samba Diallo wird als Kind sehr streng im islamischen Glauben erzogen. Später besucht er die Schule der Weißen und die Universität in Paris. Tiefe Gläubigkeit, bodenständige Verwurzelung mit seiner afrikanischen Heimat und die Faszination der europäischen Zivilisation lassen in ihm einen Zwiespalt aufbrechen, mit der er nicht fertig wird, ein Zwiespalt, der auch beispielhaft steht für die innere Zerrissenheit seines Volkes. Samba Diallo wird mit diesem Zwiespalt nicht fertig, weil es ihm unmöglich ist, ganz zu den Ursprüngen seiner afrikanischen Heimat zurückzukehren. Vom Vater zurückgerufen, „um wieder zu lernen, daß Gott mit nichts anderem vergleichbar ist“, findet Samba Diallo den Tod durch die Mörderhand eines Narren, „denn wo das Gebet verstummt, ist das Leben verwirkt“.

José Luandino Vieira

Das wahre Leben des Domingos Xavier

(A Vida Verdadeira de Domingos Xavier)

Großmutter Xixi und ihr Enkel Zeca Santos

(Vavo Xixi e seu Neto Zeca Santos)

Erzählungen aus Angola

Deutsch von *Kristina Hering*

Die Titelgeschichte stammt aus dem Erzählungsband „Luuanda“, den Vieira während seiner Zeit im Gefängnis (1961 - 1972) schrieb. Daß Vieira der Dichter der Unterdrückten war, wurde deutlich, als die portugiesische Schriftstellervereinigung ihm 1965 einen Preis für „Luuanda“ verlieh und daraufhin von der portugiesischen Regierung aufgelöst wurde. „Das wahre Leben des Domingos Xavier“ schildert die Welt der Unterdrücker und die Welt der einfachen Afrikaner im kolonialen Angola; zwischen diesen beiden Welten spielt sich das wahre Leben der Widerstandskämpfer Domingos Xavier und Chico ab sowie das gefährliche Dasein des weißen Ingenieurs Silvestre, der mit ihnen sympathisiert. Doch Domingos Xavier, dem es bis dahin gelungen war, unauffällig mit seiner jungen Frau und seinem kleinen Sohn zu leben, wird eines Tages verhaftet und zu Tode gefoltert.

Der Band wird ergänzt durch die Erzählung „Großmutter Xixi und ihr Enkel Zeca Santos“.

Alex La Guma

Die Zeit des Würgers

(Time of the Butcherbird)

Roman aus Südafrika

Deutsch von *Detlev Theodor Reichel*

Wie durch ein Brennglas vergrößert schildert Alex La Guma vor dem spannungsgeladenen Hintergrund der angeordneten Zwangsumsiedlung eines Bantu-Dorfes und einer verheerenden Dürrekatastrophe Details südafrikanischen Lebens: die armselige Welt der hungernden Schwarzen, die unter der Führung der „Löwin" den Widerstand organisieren — die feudale Welt der burischen Farmer, deren Parlamentskandidat Hannes Meulen der tödlichen Rache von Shilling Murile zum Opfer fällt — und die spießbürgerliche Welt der englischsprachigen Stadtbevölkerung in Gestalt des ehrgeizigen Kleinbürgers Edgar Stopes und seiner treulosen Frau Maisie, die ihren Mann am liebsten umbringen würde, um die Lebensversicherungssumme zu kassieren, während er von einer großen Karriere träumt.

Diese drei Handlungsstränge drängen zueinander und zielen auf den Punkt blitzartiger Entladung wie bei einem Gewitter.

Alex La Guma

Die Zeit des Würgers

(Time of the Butcherbird)

Roman aus Südafrika

Deutsch von *Detlev Theodor Reichel*

Wie durch ein Brennglas vergrößert schildert Alex La Guma vor dem spannungsgeladenen Hintergrund der angeordneten Zwangsumsiedlung eines Bantu-Dorfes und einer verheerenden Dürrekatastrophe Details südafrikanischen Lebens: die armselige Welt der hungernden Schwarzen, die unter der Führung der „Löwin" den Widerstand organisieren — die feudale Welt der burischen Farmer, deren Parlamentskandidat Hannes Meulen der tödlichen Rache von Shilling Murile zum Opfer fällt — und die spießbürgerliche Welt der englischsprachigen Stadtbevölkerung in Gestalt des ehrgeizigen Kleinbürgers Edgar Stopes und seiner treulosen Frau Maisie, die ihren Mann am liebsten umbringen würde, um die Lebensversicherungssumme zu kassieren, während er von einer großen Karriere träumt.

Diese drei Handlungsstränge drängen zueinander und zielen auf den Punkt blitzartiger Entladung wie bei einem Gewitter.